Lilie
AM Nordhimmel

Translated to German from the English version of
Lily on the Northern Sky

AUROBINDO GHOSH

Ukiyoto Publishing

Alle weltweiten Veröffentlichungsrechte liegen bei

Ukiyoto Publishing

Veröffentlicht im Jahr 2024

Inhalt Copyright © Aurobindo Ghosh

ISBN 9789360499280

Alle Rechte vorbehalten.

Kein Teil dieser Publikation darf ohne vorherige Genehmigung des Herausgebers in irgendeiner Form, sei es elektronisch, mechanisch, durch Fotokopie, Aufzeichnung oder auf andere Weise, vervielfältigt, übertragen oder in einem Datenbanksystem gespeichert werden.

Die Urheberpersönlichkeitsrechte des Autors sind geltend gemacht worden.

Dies ist ein Werk der Fiktion. Namen, Personen, Unternehmen, Orte, Ereignisse, Schauplätze und Begebenheiten sind entweder der Phantasie des Autors entsprungen oder werden fiktiv verwendet. Jede Ähnlichkeit mit tatsächlichen lebenden oder toten Personen oder tatsächlichen Ereignissen ist rein zufällig.

Dieses Buch wird unter der Bedingung verkauft, dass es ohne vorherige Zustimmung des Verlegers nicht verliehen, weiterverkauft, vermietet oder anderweitig in Umlauf gebracht werden darf, und zwar in keiner anderen Einbandform als der, in der es veröffentlicht wurde.

www.ukiyoto.com

Widmung

Gewidmet
Meiner Frau Sharada und
Ihre drei wunderschönen Geschenke Dorothy, Gargi und Aalap

Vorwort

Ich bewundere Dr. Aurobindo Ghosh nicht nur als langjährigen Freund, sondern auch als scharfsinnigen Denker und feinen Maler. Diese Gedichtsammlung zeigt ihn als eine glückliche Mischung aus beidem, denn er malt mit Worten, die es schaffen, eine Vielzahl von Emotionen in uns hervorzurufen. Seine Leinwand ist breit genug, um das geschäftige Treiben auf der Howrah-Brücke neben dem einsamen Aufenthalt von Laika im Weltraum unterzubringen; sie ist tief genug, um uns in das antike Griechenland von Sokrates zu versetzen und die menschlichen Schwächen an der Spitze der damals fortschrittlichsten menschlichen Gesellschaften aufzuzeigen, genau wie heute, über zwei Jahrtausende später. Seine Gedichte sind ein Abbild seiner Sensibilität als bewusster Mensch, dem es gelingt, den Leser zu sensibilisieren, wenn er über die soziopolitisch-ökonomischen Probleme unserer Zeit spricht, sei es das Alter, die geschlechtsspezifischen Verbrechen, der Hunger, der Aberglaube oder einfach die menschliche Existenz. Ich habe bei der zärtlichen Konversation in 'Twin In The Womb' einen Stich ins Herz verspürt und bei 'Cane Basket Seller' mit einem Lächeln geseufzt. Wenn Sie aufmerksam sind, werden Sie die Geschichte, die in dem Gedicht enthalten ist, nicht übersehen. Die Verse fließen einfach und frei von unnötigem poetischen Jargon. Ich hoffe, Sie erfreuen sich an den Aurora Borealis von Die Lilie am Nordhimmel

– Dr Anand Manapure,
Professor im Ruhestand für Englisch,
Nagpur

Inhalt

Hallo, Alice, ich bin's!	1
Grad, Der Ewige Teller	4
Ein Oktavhaus	5
73 nicht aus	6
Chudidaar	8
Album	9
Mit freundlichen Grüßen	10
Bazar	12
Ballett-Tänzer	13
Africana	14
Gebogener Schwanz des Hundes	15
Klöppel	16
Neugierde	17
Gerinnsel im denkbaren Gehirn	18
Morgen wieder Sonnenfinsternis	20
Hallo Mr. Sun	22
Konfrontation	23
Epigraphik	24
Hunger	25
Allmächtige Mutter	26
Bringt schnelle Arbeit ein gutes Ergebnis?	27
Vier Gestelle in einem Haus	29
In Abwesenheit	30
Fengsui Importiert	31
Kanchenjunga und Jungfraujoch	33
Schädlich für die Gesundheit	34

Vom Winde verweht	35
Hilflose Bechara Aloevera	37
Nonverbale Agonie	38
Charlie Chaplin	41
Hey Aurobindo, wer bist du?	42
Monitor	44
Ein letztes Mal	45
Homonyme im Leben	46
Leerlauf-Logik	48
Non Veg Politico	50
Jalavat Taralang oder Klar, wie Wasser	51
Passwort	53
Janmabhumi	54
Festspiele in Warli	56
Leben in	59
Router	62
LOA	64
Beute des Mutterlandes	66
Satz des Pythagoras	68
Magisches Indien	69
Kaufmann der Träume	72
Michael kann nicht sterben	74
Der Lenkdrachen	76
Vier Rennpferde	77
So reine Milch in den USA	78
Mein letztes großes Buch	80
Verpasste Gelegenheit	81
Stellplatz	83
Mein Gott, die Kopfbedeckung ist schwer!	84
Verstreutes Diagramm	87

Vipaswana	88
Primärfarben	90
Om Prajapataye Namah	91
Gandhi der Vater	93
OOPS! Ich habe meine Mutter im Altersheim vergessen	94
Größter Knastbrecher	96
Hieroglyphen	98
Paradoxe Kleidung	100
Urmila, Ba und Bhabiji	103
Tauben in der Metro City	104
Radha Krishna	105
Bitte stirb nicht Rashida	106
Danke Gott!	108
3 Lilien am Nordhimmel	109
Sozialismus	110
Mein Freund Ganesha	112
Glasmalereikabine	113
Der Abend des Lebens	115
Die Reise ins Ungewisse	116
Norma Jeane Mortenson	118
Orchester Ensemble	120
Waris	121
Der Kundali-Macher	122
Zweitbestes Wort mit drei Buchstaben	124
Der wahre Trainer	127
Der schlafende Vulkan	131
Der Löwe im Dschungel	132
Theatralische Dramatik	134
Der Ring	136
Der Obstkorb	137

Die Zeitmaschine	138
Das Glas	140
Drei Gläser auf dem Tisch	141
Zwei wütende Pfaue	142
Unerwünschter Besucher	144
Melancholie	146
Zebrastreifen	147
Frau im Drahtgeflecht	149
Ein orangefarbener Wintertag	151
Entfernen Sie die Matte von der Tanzfläche	155
Ein Bürger der Welt	157
Luftreiniger	160
Wirst du sterben, Vater?	162
Biografie des Kameraobjektivs	164
Bluetooth-Konnektivität	166
Stockkorb-Verkäufer	167
Andächtige Exkursion	169
Fünf Fünfunddreißig Lokal, Plattform Nr. Sechs	171
Himmel versus Hölle	174
Bahnhof Howrah	176
Ich habe einen so großen Backofen gekauft	179
Ich liebe es zu leben	181
Ich habe La Giaconda getroffen	183
Laika Ich liebe dich	186
Magisches Massagegerät	189
Mangal Karyalaya	191
Meerjungfrau, fliegende Untertasse und ich	192
Beliebteste Serien	194
Mein Leben ist eine Diskothek	196
Ruhestandsleistungen	198

Sally hat den Papst gesehen	200
Der Elfenbeinturm	202
Zwillinge im Mutterleib	203
Ich bin durch den Regenbogen gegangen	204
Berührungsbildschirm	206
Über den Autor	*208*

Hallo, Alice, ich bin's!

Durch Telepathie rief ich Alice an,
im Wunderland, und sagte,
"Alice, ich möchte sie besitzen,
die Informationen aus erster Hand, so schnell wie möglich,
über dein Land oder was auch immer".
Sie verwies mich an Jadu, das ET-Mitglied.
Freigabe meiner abenteuerlichen Reise,
Das sogenannte interhimmlische Visum wird von Jadu erteilt.
Das erforderliche Formular hatte Spalten zum Ausfüllen.
Prozentsatz der Güte,
war das Hauptkriterium für die Auswahl.

Die Furcht vor Ablehnung zwang mich dazu
Kokosnüsse allen Göttern anzubieten, die von
Politikern vor der Wahl,
und mich zu fragen: "Wenn sie davon profitieren,
warum nicht ich? Ich habe sie auch ernsthaft kopiert.
Die Nacht kam herein, Alice erschien lächelnd,
Jadu gab die Freigabe, sei bereit zum Einsteigen,
Das Raumschiff "UdaanKhatola" wartet, um
von Roshanas, dem Vater-Sohn-Duo, geflogen zu werden.
Sie gab mir einen Behälter voller Energie,
Genug, um während meiner bezaubernden Reise durchzuhalten.

Sie bat mich, meine Augen zu schließen,
und ich fand mich in einer mystischen Welt der Fantasie wieder.
Die Flugzeit war gleich Null, im Weltraum gibt es keine Zeitzone.
Das Raumschiff ließ mich allein, inmitten einer
Andromeda-ähnlichen Galaxie.
Von dort aus sah ich unser winzigstes Sonnensystem,
angeführt von einem kleinsten Stern, genannt Sonne.
Verblüfft und erstaunt über die Größe der Milchstraße,
Und die Entfernung in Lichtjahren,

wünschte ich mir, das Rätsel zu lösen,
Wie die nicht existierenden Zwillinge Rahu und Ketu,
Auch die Konstellationen und Planeten sind in der Lage, zu kontrollieren,
Das Schicksal von Individuen aus dem Jenseits?

Die phänomenale Strahlung der Beeinflussung des Lebens,
Muss vor Tausenden von Jahren begonnen haben,
Um jetzt das winzige neugeborene Kind auf der Erde zu treffen!
Neugierig wie ich bin, wollte ich es herausfinden,
Der Stein auf einem Ring montiert,
den man am Mittelfinger trägt,
Der die Macht hat, umzuleiten,
Den Weg der vorgegebenen Reiseroute.
Gleichzeitiges Manövrieren ist möglich, sagt man,
Tabellarisch verschiedene Kombinationen von,
Verschiedene Planeten und Ringe mit Edelsteinen, Mit berühmten Nord-West-Regel,
des Operations Research".

Die Kommunikation kann erfolgreich durchgeführt werden,
durch Sanjays uraltes,

Tele-Kommunikations-System,
des universellen Glaubens an die Wahrheit.
Alle Handlungen, die in Abwesenheit durchgeführt werden,
Durch mentale Transaktionen,
Ohne jemals zu scheitern.
Ändern die Farben, wie Nordlichter,
Um die Leere schön zu schmücken.
Nicht-Differenzierung der Gefühle,
Treffend illustriert in dem heiligen Buch,
"Mutter Chandi",
"Yadevisarvabhuteshu rupenasansthita",
Füllen Sie ein beliebiges Gefühl auf der gestrichelten Linie oben aus,

und es wird zur Allwahrheit.

Ich unterschrieb ein Beschwerderegister,
"Kein Rätsel gelöst", schrieb ich.
Alice lächelte, nickte bestätigend,
Sagte: "Alle Antworten sind in dir selbst vorhanden,
Suche deine Seele, wahrheitsgemäß,
Du wirst sicher himmlische Befriedigung erhalten".
Nun schließe deine Augen, aber nicht für immer,
denn dein kleiner großer Stern, die Sonne,
in der Nähe deines Bereichs reist.
Mesmerisiert und hypnotisiert schloss ich meine Augen,
Und im nächsten Moment war ich wieder auf meinem Bett.
Nur um mehr Rätsel um mich herum zu finden.

Grad, Der Ewige Teller

Alle sind in Betrieb,
Entweder mit dem Teller
oder um den Teller zu holen.

Du musst einen Teller haben.
Je dekorativer, desto besser,
es erhöht deine Chancen.

Industrien, Organisationen,
alle sind auf der Suche nach
Nach dem dekorativsten Teller.

Talent, spielt keine Rolle,
Auch wenn du Abschlüsse hast,
die sich gegenseitig widersprechen.

Wandle das Zertifikat
In einen goldenen Teller zum Betteln.
Überhaupt nicht wahr, im Westen.

Ein Oktavhaus

Ich habe ein Oktavhaus gebaut,
am Nordpol;
Alle acht Fenster,
waren nach Süden gerichtet.
Ich war amüsiert.

Ich ging hoch auf den
Eifelturm und
Burj Khalifa.
Von oben,
fand ich mich selbst,
Größer als andere,
Unten.
Ich war amüsiert.

Das Wasser des Tapi,
Ganga und Rhein,
sind gleich, aber nur
Ganga kann
dich von Sünden befreien.
Ich war amüsiert.

73 nicht aus

Nach dem Sehen, 102 Not out,
Gelernt, Beziehungsgeschichte,
Zwischen Vater und Sohn n
Die Erinnerung von Vater und Sohn.

Vater hatte, Tumor, er wusste,
N, Sohn hatte Altersproblem,
Er erkannte, Enkel, ein Schurke,
Er hatte allen Grund, ihn zu beschuldigen.

Happy End oder trauriges Ende,
Ich bin kein Körper zu diskutieren,
Ich habe einige Kommentare, hier n,
Dort, ein Urteil zu fällen.

Alle Väter, sollten aufstehen,
und sagen: "Zum Teufel, ich mag dich, Herr so und so,
Du kannst nicht groß genug sein, um mich zu bitten,
Dir meinen eigenen Torso zu schenken."

"Ich habe kein Problem mit deinen Absichten,
Auch gut, mit deiner Nachlässigkeit,
Ich werde nie warten, bis du mich in ein
mich in ein Altersheim zu stecken."

Und wenn schon? Wenn der Vater ein Minimum hat,
Was soll's? Wenn er nichts vorzuweisen hat,
was soll's dann? Wenn du reichlich und viel hast,
ist das kein Grund, ihn zu zwingen, sich zu beugen.

Vergiss lieber, was er für dich getan hat,
Absichten, sollten nicht absichtlich sein,
Fehler aus Versehen, kann man verzeihen,
Fehltritte? Ganz und gar nicht. Sie können tödlich sein.

Liebe alle Söhne dieser Welt,
ich habe eine einfache Bitte an euch,
Zeigt euren Eltern gegenüber Respekt,
aus eurem Herzen heraus, nicht zum Schein.

Heute bist du der Sohn, dann der Vater,
Euer Sohn ist ein Meister des Kopierens.
Jede eurer Bewegungen ist sicher,
In seinem Gedächtnis, um sie später abzurufen.

Chudidaar

Ich trage sehr gerne,
Chudidaar-Schlafanzug.
Mit makhmali kurta.

Ich habe vier handgefertigte
Goldknöpfe, mit
Surti-Diamanten darauf.

Ich kümmere mich nicht um
Die Leute, die ich habe,
wiederholt getäuscht.

Sie bringen mir immer noch eine
Girlande, um sie mir
um meinen Hals zu hängen.

Ich habe nachgesehen,
sie haben nichts
Und mein Hals ist sicher.

Sie bitten mich um Arbeit,
den ich nicht geben werde,
Sie sind niemand.

Ich habe viele zu bedienen,
Die mir helfen zu gewinnen,
Bei vielen Wahlen.

Das sollten sie wissen,
dass ich ein Minister bin,
Ich habe keine freie Zeit.

Album

Wann immer ich sitze
mit meinem Album,
lachen beide übereinander.

Beide sind gewachsen
Alt, und haben Angst
Ausrangiert zu werden.
Früher oder später.

Ich sehe einen Handlungsstrang,
Schritt für Schritt, alle
Die Vorfälle,
Schlecht, besser, am besten.

Ich kann sie laut rezitieren,
die ganze Wahrheit erzählen,
Ich kümmere mich nicht mehr
Diese Welt, nicht mehr.

Mit freundlichen Grüßen

Lieber Leser, ich habe mein Bestes versucht,
ein Vertrauen zu entwickeln, besser zu kochen.
Aus meiner Küche, viele köstliche
Rezepte werden gleichzeitig serviert werden.

Ich bin mir bewusst, dass Sie sich nach mehr
Variabilität, mehr Vielseitigkeit bei jeder
Präsentation, minutiös analysiert,
Durch die Snellen-Tafel zu sehen 6/6.

Obwohl, jeder Schriftsteller wird wünschen, zu haben,
Bemerkenswerte Zeugnisse und Referenzen,
Lassen Sie mich in meinem Ansatz ein wenig anders sein,
Ich möchte mit meinen Texten kommunizieren.

Wenn die Worte tanzen, mit meinen Melodien, meine
Choreographie ist erfolgreich, sonst nicht.
Ich habe die Niagarafälle nicht gesehen, aber ich kann
mir die Wucht des Donners vorstellen.

Millionen von Litern Wasser, wenn es
besiegt werden, durch den Regenbogenring, der aus
winzigen Wassermolekülen, die in der Luft hüpfen,
sehe ich, dass auch meine Worte schweben, auch ich gewinne.

Ich besitze eine eigene Wunschliste. Ich habe,
Ein paar exklusive Fahrten, die mich bringen,
In nie zuvor gesehene Landschaften, wo,
Ich, meine Gedanken, Rhythmen und Worte schweifen.

Keine Beschränkung von 'Wörtern pro Zeile', dieser Art,
Künstliche Ornamente, automatisch minimiert,
Herz, Verstand und das Thema verschmelzen völlig,

Ich, der Schriftsteller, werde zum bloßen Stenographen.
Es schmerzt mich, wenn selbst ein 'einziges' Wort nicht
die Stimmung nicht unterstützt und sein Ton gedämpft ist.
Die beruhigende Ruhe von Blau- und Grüntönen wird ignoriert,
Von allen anderen Aufmerksamkeitserregern, Außenseitern, für mich.

3 Primärfarben, sekundär, ergänzend oder
Komplementärfarben, haben die Kraft, sich zu multiplizieren
Millionen von verschiedenen Spektren, ohne Verwirrung,
'Ich liebe dich' sind meine drei Worte, das ist alles, was ich habe.

Bazar

Eines Tages ging ich nach
Chandni chowk,
mit meinem Dehlite
Schwager.
Ich konnte es nicht finden.

Als ich ihn fragte, lächelte er und sagte,
"Eines der Mitglieder,
des Mogul-Sultanats,
hat den Chowk umgewandelt,
in einen Bazar umgewandelt.

Aber warum?
Zur Unterbringung
Seine Nachkommen unterzubringen.

Aber warum?
Um sie zu retten, vor dem
vor dem britischen Ansturm.

Ach ja?
Ja, das ist der Grund,
Du wirst hier viele Leute finden.
awaab sahib hier.

Ballett-Tänzer

Zwei Ballett-Tänzerinnen,
Beide sind mir nahe.
Die eine ist ein Feuerball,
Die andere, schneeweiß.
Alle drängen sich, um sie beide zu sehen,
Die Eintrittskarte zu mieten.

Mit wucherndem Rot n
Langes Gewand, wenn einer,
die Bühne betritt,
Bleiben alle Herzen stehen, bei
mit ihrem Jazz, Walzer und Rumba,
Alle sind gefangen im emotionalen Käfig.

Mit teurem, ausschweifendem
Weißem Sarong, wenn die
Andere ihren Tango beginnt,
Ihre langen, glatten, weißen
Beine, klopft die Seele der Menschen,
mit Trommeln, Bongo und Kongo.

Africana

Fünf afrikanische Frauen,
die durch die Hecke gingen,
hörten ein brüllendes Geräusch,
das aus dem Käfig kam.

Zwei kleine Mädchen, waren,
erschraken durch das Gebrüll,
Die Mütter lachten und sagten,
'Sie haben ein Wildschwein gefangen'.

Fünf afrikanische Frauen,
Sehr groß und aufrecht,
Alle in Farben gehüllt,
Sie sehen wahrlich großartig aus.

Fünf afrikanische Frauen,
Stolz auf ihre Überzeugungen,
Hände, Hälse und Ohren,
Sie tragen glänzende Perlen.

Gebogener Schwanz des Hundes

Geben Sie Ihr Bestes,
um es gerade zu machen,
Es wird sich nicht rühren,
Wird nicht gerade sein.

Berufsverbrecher,
genießen es, Verbrechen zu begehen,
Sie müssen Blut verspritzen,
Vor ihrem Morgentee.

Im Namen des Dienstes,
Sammeln sie sonst Fett,
Die Rolle der Begünstigten,
wurden einfach vertauscht.

Ich wünschte, ich hätte einen Stock, der
Auf meinen Befehl hören würde,
Ein einziger Befehl wird
Macht sie zu Menschen.

Aber nein, sie sind nicht voll,
Und sie haben keine Grenzen.
Garibi ist ihr Bedürfnis,
Die Ausrottung muss weitergehen.

Klöppel

Fäden der Beziehungen,
werden um mich gelegt,
Eine Spule, standardmäßig.

Ich schaffe einige
Flansche zum Schutz,
und pflege sie.

Beziehungen sind nicht gleich,
In der Natur; es kann sich
Beides, süß und sauer.

Manche sind verschleiert,
andere sind treu in
ihrem Verhalten.

Ich lernte zu bleiben
Wachsam zu bleiben, nach einigem
Verrat am Leben.

Klöppel sind glücklich,
da Fäden nicht
Stiche zurück.

Aurobindo Ghosh

Neugierde

O Mount Everest!
Allen Hindernissen trotzend,
allen Unglücken, wie kannst
Du aufrecht bleiben mit,
Hoch erhobenen Hauptes, unerschütterlich?

Schweigend, meditativ, bedeckt,
mit einer Schneedecke,
Eine Melodie, ein Rhythmus,
Furchtlos, ohne Rücksicht auf,
Himmlischer Sturm und Wechsel
der Jahreszeiten, nicht einmal Angst
vor dem Aussterben?

Ich und du, wir sind beide,
Zwei wichtige Organe,
von Mutter Erde. Dann,
warum du furchtlos bist,
und ich ein Feigling? Warum?
Ich fühle, dass ich mehr
wertvoller als du?

Warum ich leide unter,
Krankheit, Alter, Unruhe,
Kaam, Krodh, Lobh, Moha,
Paap, Ego, Erwartung und
Und nicht zuletzt an Illusionen?
Und, Sie haben keine?
Ich beneide dich, denn ich kann nicht mithalten,
Warum ist das Leben des Menschen
ein einfaches Fragezeichen geworden?

Gerinnsel im denkbaren Gehirn

Vor langer Zeit hatte ich zugehört,
ein Volkslied in meinem Radio;
Ich habe nicht viel verstanden,
aber das Wesentliche konnte ich verstehen.

Der Schöpfer dieses Universums,
Schuf den Menschen auf Erden,
Nachdem er froh war zu sehen
Das ganze Tier ist glücklich.

Irrtümlich gab Herr ein
Ein denkbares Gehirn,
Ungeachtet, Warnung
die ihm von anderen gegeben wurde.

Die Menschen waren menschlich,
Fake-ismus war nicht da,
Masken wurden nicht erschaffen,
Das Töten von Peer hat noch nicht begonnen.

Der Anführer der Rasse,
hatte starke Kopfschmerzen,
Er ging zu einem berühmten Vaidya,
Er fand ein Gerinnsel in seinem Gehirn.

Der Vaidya entfernte das
Gehirn, um das Gerinnsel zu entfernen,
Ging in sein Labor,
und war mit seiner Arbeit beschäftigt.

In der Zwischenzeit fand die
Vaidya's Frau einen

toten Mann auf der Matte,
Sie warf die Leiche hinaus.
Er suchte verzweifelt,
Alles war vergebens, er bewahrte
Das Gehirn sicher im Safe,
und wartete auf die Rückkehr des Mannes.

Nach einigen Jahren kam ein riesiger
Wagen vor seine Tür.
Ein Mann wie ein König stieg herab,
Vaidya erkannte ihn mit Sicherheit.

Er ging eilig hinein,
und brachte sein Gehirn in Sicherheit,
Doch der Mann sagte sanft,
Er braucht es jetzt nicht.

Er bedankte sich bei der Frau des
Vaidya, dass sie ihn ohne
dass sie ihn ohne Gehirn rausgeworfen hat, um
ihn zu einem großen Politiker zu machen.

Morgen wieder Sonnenfinsternis

Vor Jahren schrieb ich ein Gedicht über eine Sonnenfinsternis.
Ich erinnere mich jetzt nicht mehr an den Inhalt.
Aber es hatte sicherlich den Rhythmus der Spatzenlaute.
Es enthielt auch einige Worte, die ähnlich klangen,
Unsynchronisierte Schritte von betrunkenen, verlorenen, seltsamen Männern.
Sicherlich auch einige Worte über schockierende und abstoßende Angst,
Mit ungeheurem Zittern des staunenden Wahnsinns.

Vor Jahren schrieb ich ein Gedicht über die Sonnenfinsternis.
Einfache Menschen, gefangen von Betrügern im "Rahu-Ketu-Kerker", Schöpfer sogenannter heiliger Gesänge, betreten die Häuser Unschuldiger,
Um die Fesseln des Kerkers zu sprengen.
Dann beginnen die rücksichtslosesten Rituale,
Aufhebung der Folgen der Sonnenfinsternis,
Systematische Gehirnwäsche und umfangreiche Opfergaben.

Vor Jahren habe ich ein Gedicht über die Sonnenfinsternis geschrieben.
"O Sonnengott! Wir Inder haben uns darauf spezialisiert,
Deinen unermesslich mächtigen Akt der Transversalität rückgängig zu machen,
Wir wollen den Mond nicht unter uns haben,
Wir wissen, dass, wenn er dazwischen kommt,
wird er sicherlich Verwüstungen bringen.
Einigen farbig gekleideten Männern gelingt es,
die Unschuldigen zu überzeugen, uns,

ihre Macht, die drohenden Verheerungen zu vermeiden,
Was wir gebannt hören".

Vor Jahren schrieb ich ein Gedicht über die Sonnenfinsternis.
"O Sonnengott! Du bist nicht länger unser Lebensretter,
Du bist nur noch ein Feuerball,
Zur Zeit haben wir geschaffen,
Durch systematische Planung von Putschen,
Einen gründlichen Plan zur nachhaltigen Ausrottung,
Von Natur und Werten.
Wir kümmern uns nicht einmal um die mögliche Nichtexistenz,
Unserer nachfolgenden Generationen.

Vor Jahren schrieb ich ein Gedicht über die Sonnenfinsternis.
Unsere Gegenwart, Unser Ego, Unsere Untaten,
Und unser Chauvinismus, der die Grenzen überschreitet.
Wir alle versuchen, vorwärts zu gehen,
und übertreffen unsere Brüder,
in Richtung eines unbekannten Ziels,
indem wir andere hintergehen.
Wir denken: "Es ist wahr, es ist universell, es ist das Leben,
Und es ist der Grund zu leben".

Morgen gibt es wieder eine Sonnenfinsternis,
Und kann den Mond nicht aufhalten,
zwischen uns zu kommen.

Hallo Mr. Sun

Es ist fast Abend.
Wird jenseits des
Horizont, weit weg.

Aber ihr wisst es nicht,
wenn ihr aufbrecht,
sind die Hyänen aktiv.

Sie lieben dunkle Nächte,
Sie nutzen aus,
Die Apathie aller auszunutzen.

Unschuldige werden zerfleischt,
Kein Licht, keine Straße,
Kein Schutz zum Leben.

Wenn du da bist,
sind sie verletzlich,
und arbeiten auf dem Feld.

Wenn du nicht da bist,
sind sie schutzlos,
Sie müssen ins Freie gehen.

Wissen Sie, Mr. Sun,
dass Tag und Nacht für sie ein
ein Alptraum für sie?

Konfrontation

Das ist mir egal,
Wenn Worte,
es wagen zu konfrontieren.

Ich debattiere,
ich streite,
Und ich fordere heraus;
Ich beweise schließlich,
dass ich gar nicht
die Worte geschaffen.

Ganz im Gegenteil,
Die Worte haben
den Dichter erschaffen,
in mir.

Also, wenn die Seele,
des Gedichtes,
anfängt zu lachen,
Gebt nicht dem
Dichter oder die Worte.

Gebt mir die Schuld, denn ich bin,
Nur der Autor,
nicht der Dichter.

Epigraphik

Sie befinden sich in einem Rattenrennen, um ein "Padma" zu werden,
Die Verhandlungen gehen ununterbrochen weiter, bis zur endgültigen Entscheidung.
Modalitäten, die dazu dienen, jemanden auf die Liste zu setzen,
Unverdientes Rund wird in das viereckige Zapfenloch eingepasst.

Man sollte nie das Gefühl haben, dass das für das System katastrophal ist,
Es ist ein Teil der politischen Oktave, wird später beruhigend klingen.
Irgendein Strauß mit langem Hals, kann seinerseits RTI oder PIL einreichen,
Wird zufriedengestellt, Gott weiß wie, er wird reicher.

In der Hauptstadt müssen sowohl Cedar als auch California Poppy
um 'Einheit in Vielfalt' im indischen Panorama zu zeigen,
Es ist, fluoreszierend wie, Konzept, 'Es gibt sie und es gibt sie nicht'
Mittelklasse wir, sind hippomanisch, Trommeln sind egal.

Kavallerie in verschiedenen Outfits, alle fünf Jahre in Kurukshetra, CCMM (Caste, Creed, Money, Muscle) spielt eine zentrale Rolle,
Sie bitten zwar um ein Urteil, verkünden aber selbst das Dekret.
Besser, das Kabinett bleibt geschlossen, bis es eines Tages geöffnet wird.

Ich warte sehnsüchtig darauf, dass die Epigraphik eines Tages geschrieben wird.

Hunger

Ich weiß es immer noch nicht,
Was Hunger ist? Meine
Vorväter und Eltern,
waren schon lange an der Macht.

Man kann es mir nicht verdenken,
wenn ich Hunger nicht definieren kann.
Kürzlich. wurde ich gebeten.
in ihre Häuser zu gehen, um zu fühlen.

Unter der Linse der Medien, und
Menschen um, ich lediglich,
in ihre Hütte eintreten konnte,
Schön dekoriert, für mich.

Ich erklärte, dass sowohl Armut
Und Hunger, für immer, werden
Ausgerottet werden, wie gesagt, ohne
Da ich keinen von ihnen gut kannte.

Allmächtige Mutter

Allmächtige Mutter,
ich stehe vor dir,
mit gefalteter Hand, in einer
sehr langen Schlange.

Ich zweifle, du hörst mich, meine
Wünsche sind sehr klein,
Für dich sind alle gleich, Ma,
Du musst dich um alle kümmern,

Das ist alles, was ich zu sagen habe,
Gespiegelt in meinem Bild, habe ich
habe ich den Dreizack eingesetzt, um
um eine friedliche Umgebung zu schaffen.

Um denen, die sich widersetzen, zu zeigen,
dass man auch einen Dämon töten kann,
Und du trägst einen Lotus für alle,
Das ist eine Tatsache, keine bloße Predigt.

Bringt schnelle Arbeit ein gutes Ergebnis?

Viele junge Mädchen und Jungen,
nehmen ihre Karriere so ernst,
dass manch eine Beziehung,
Unnötigerweise zersplittert.

Mit 22 beenden sie die Ausbildung,
Mit 25 die Spezialisierung abgeschlossen,
Mit 27 erhalten sie ihre erste Beförderung,
Mit 29 vergisst man das Wort Emotion.

Wir sind alle menschliche Maschinen,
Wir besitzen unser eigenes Leben,
Wer sagt, dass das Leben nicht schön ist?
Kein Kuchen, den man mit dem Messer schneidet.

Unsere Lehre war einfach,
Langsam und beharrlich, gewinnt das Rennen.
Eure Lehre ist kompliziert,
Schnell und standhaft gewinnt das Rennen.

Institution der Ehe? Was ist das?
Das ist Ihre Reaktion,
Kein Glaube an Verpflichtungen,
Du glaubst also an den Vertrag.

Die Scheidung ist immer noch schmerzhaft für uns,
Ihr bittet darum, so leicht,
Wir glauben an eine lange Beziehung,
Ihr, schwer es sofort.

Ihr habt keine Grenze des Besitzes,

Das ist deine größte Einschränkung.
Du brauchst weder Familie noch Kind,
Immer in Verleugnung oder Zögern.
Obwohl du besser bist als wir,
Mit rationalem Denken und Handeln,
Absolutes Vertrauen in die Verhaltenskunst,
Doch du glaubst an die Theorie des Bruchs.

Du bist schnell, eine Beziehung herzustellen,
Du bist schneller, Beziehungen zu brechen,
Dein Kind wächst im Waisenhaus auf,
und du wächst als Single in einer Villa auf.

Was wäre, wenn wir uns weniger um dich kümmern würden?
Was wäre, wenn wir keine Opfer bringen würden?
Was wäre, wenn wir uns so verhalten hätten wie du?
Hätten wir im Paradies leben können?

Du brauchtest einen Finger zum Halten,
Jemanden, der dich nachts aufweckt,
Hart verdientes Geld für deine Bedürfnisse,
Einfach zu vergessen, wenn die Zeit reif ist?

Ein Rat oder auch eine Warnung,
Vergiss nicht, du bist kein Aushängeschild,
Sogar Krähen scheißen manchmal auf diese,
Bedeutungslos, alles, was du hortest.

Geh; öffne deine Arme, dem Himmel entgegen,
Bitte um Vergebung, Liebe und Frieden,
Gründet eure eigene Familie, und lebt mit,
Eltern, Onkel, Neffe und Nichte.

Aurobindo Ghosh

Vier Gestelle in einem Haus

Eine sehr glückliche Familie,
Mutter, Vater, Frau,
Mit zwei Kindern.

Beamter in einer Bank,
Verdient gut,
Versetzt in die Metro.

Ein Blitz schlug ein,
Frau starb an Blut
Krebs, so früh.

Fünfundzwanzig Jahre
Sind vergangen, er hat nie
Lächeln vergessen.

Seine beiden Kinder,
heirateten und
lebten glücklich.

Die Eltern starben an
Alter, einer nach dem anderen
einer nach dem anderen innerhalb eines Jahres.

Er war allein; eines
Tag, plötzlich, bekam er
bekam er Schmerzen und starb.

Einmal ging ich dorthin,
Da waren vier Rahmen,
an vier weißen Wänden.

In Abwesenheit

Ich versuche es selbst, täglich,
immer in Abwesenheit,
Keine Macht zu verteidigen,
Der sechste Sinn ist eine Phobie.

Tonnenweise irrationale Angst,
Hält mich davon ab, mich zu offenbaren,
Das Grauen zu zeigen,
Ich werde zu einer bloßen Rolle.

Die Wahrheit bleibt in mir,
Jede Nacht begegne ich ihr,
mit den gefürchteten Träumen,
Ach, weh! Ich war Harry Potter.

Innerhalb der Arbeitsräume,
Draußen, im Kaffeehaus,
Die großen Katzen warten auf mich,
Sie kennen mich als "die Maus".

Es ist Zeit, sie zu entlarven,
Sie gehen in Deckung,
Sie müssen jetzt begreifen,
dass ihre Zeit des Hüpfens vorbei ist.

Fengsui Importiert

Ununterbrochen beobachte ich,
alle Planeten und Sterne,
Begriffe von "SaadeSaati";
"Mangal" oder "Kalsarpayog",
Lass alle in meinem "Kundali" sitzen,
Pflege ich nicht, weil,
Fengsui der überfürsorgliche,
Ist in meinem Haus etabliert,
Ständig in jeder Ecke.

"Chhutki", das kleine Mädchen,
Wenn sie niest oder hustet,
habe ich zwei Möglichkeiten,
entweder Kajal hinter ihr Ohr zu schmieren, oder
den "Lachenden Buddha" zu bitten
das Niesen zu stoppen.

Heute schwöre ich hiermit,
werde ich alle wissenschaftlichen
und klinisch anerkannten
Medizinische Ratschläge und ersetze sie,
durch selbst geschaffene Schutzvorrichtungen,
die aus Fengsui-Kristallen bestehen,
Mit allgegenwärtiger Befriedigung.

Prüfungsergebnis, Star-Zulassung oder
Erstanstellung, alle sind
sind in diesen Fengsui-Glocken gefangen,
Sie läuten ununterbrochen durch meine Berührungen,
wird zweifellos Erfolg bringen,
Ob ich es verdiene oder nicht.

Folgt den geschriebenen Rezepten,
In der verbotenen Stadt,
Am besten geeignet für schwache Herzen,
Narren und Feiglinge, die Fengsui zu ihrem
Fengsui zu ihrem allmächtigen Gott machten!
Was soll's, wenn wir selbst 33 Millionen haben,
Wir schämen uns nicht, alles zu importieren,
Von Pin bis Gott, hergestellt in,
Festland China.

Kanchenjunga und Jungfraujoch

Beide sind Spitzenreiter in
Rang und Herrlichkeit,
Zugedeckt von weißesten
Schneebedeckten Decken.

Benutzt Spielzeugeisenbahn oder Seil,
Um sie zu erreichen, um sie zu übertreffen,
Um ein einmaliges
Lebenserfahrung.

Schau unter dich, sieh
Die Ausbreitung der glorreichen
Segeltuch, wunderschön
Mutter Erde hat sie geschaffen!

Identisch, ob
Indien oder die Schweiz,
Mütter machen keinen
unterscheiden nicht zwischen

Mount Everest oder Alpen.

Schädlich für die Gesundheit

Ich dachte, ich bin der
Vidushaka der größte, ich
Aber ich habe mich geirrt, fand ich,
Viele auf mein Geheiß.

Ich finde überall einen Abdruck,
von der Packung bis zum Beutel,
'Tabak verursacht Krebs',
Aber, nicht verboten zu starten.

Es ist eine Lose-Win-Situation,
Die Bürger verlieren immer,
Und sie alle gewinnen für immer.
Und werden rauchen und saufen.

Aus Versehen bin ich in ein
Krebsforschungsinstitut.
Die brauchen jetzt keine Probe mehr,
Ich habe eine dankbare Bevölkerung.

In einem Film von Sajanikant,
Eine Schriftrolle erschien darunter,
'Tabak verursacht Krebs',
Sajanikant warf einen Polo.

Aurobindo Ghosh

Vom Winde verweht

Er hat uns alle verlassen, ohne auch nur einen Hauch von Ahnung zu haben.
Er litt an einer unbekannten Krankheit,
wurde er in eine Gruppe von Maschinen gesteckt,
Wir warteten draußen, etwa einen Monat lang,
Die Verwandten der Patienten standen sich relativ nahe.

Gespannt auf Nachrichten über eine Besserung,
bekamen, manchmal ja, manchmal nein,
Er war der Liebling von allen, immer lächelnd,
Dieses Lächeln, sein eigenes Markenzeichen,
War, sehr ansteckend und attraktiv.

Das Krankenhaus wurde zu einem Ort der Begegnung,
Alle, die ihm nahestanden, kamen, um ihn zu sehen, doch sie scheiterten.
Die Ärzte wollten keine neue Infektion,
Er kam in Quarantäne und wurde beatmet.
Und plötzlich war er wie vom Winde verweht.

Am Boden zerstört, durch diese Tat Gottes, wütend wir,
Führten alle Rituale aus, kehrten in unsere Höhlen zurück,
Beendeten die 10-, 12- und 13-tägigen Einschränkungen,
Beobachteten den NiyamBhanga-Tag und riefen alle zusammen,
Ein Festmahl wurde arrangiert, um neu zu beginnen.

Diejenigen, die ihr Haar opferten, warteten länger,
Die Zeit wurde ein grausamer Heiler aller Leiden.
So vertieft in unsere Verabredungen,
hatten wir keine Zeit, uns nach anderen zu erkundigen.
Eines Tages vergaßen wir die frustrierende Episode.

Meine Frage ist, warum und wie dies geschieht?
Die Antwort auf diese philosophische Frage ist kurz.
Himmelskörper sind beständig, kein anderer, sein
Gottes eigener Garten, in dem keine Unordnung herrschen darf.
Die Menschen sind die besten Blumen in diesem Garten.

Niemand mag verwelkte Wildnis, sondern Wundergarten,
Geh mal nach Dubai, um zu spüren, was ich meine.
Ich, du, er oder sie müssen kommen und gehen, wie es ihnen
gesagt wird,
Keine Diskussion erlaubt, keine Verlängerung der Zeit.
Versuche niemals, diese pulsierende Welt zu stören.

Du hast nicht viel Zeit, um länger zu schluchzen,
Deshalb erkläre ich, dass keine Zeit vergeudet werden sollte,
Für längere Zeit der Trauer, halte sie kürzer,
Wie und wann, ich verabschiede mich, lächelnd und pfeifend,
Sollte aussehen wie Big B in 102 Nicht out. Es war einzigartig.

Hilflose Bechara Aloevera

Es geschah ganz plötzlich, eine
große Bollywood-Schauspielerin sagte,
Aloevera macht sie fertig!!

Basss!, Alle Gärten, alle
Gärtnereien, wurden überflutet,
mit Anfragen für Lieferaufträge.

Nun, wir verwenden Aloevera überall,
von der Zahnpasta bis zur Haufenpaste.

Aber, Ayurvada, empfohlen,
'Ghrit-Kumari' vor 2500 Jahren.

Wen kümmert das?

Nonverbale Agonie

Ich und meine Frau,
auf dem Rückweg von einer Party,
Fahren in der regnerischen Nacht,
Die Gespräche waren recht herzlich.

Es war nach zehn Uhr abends,
Wir waren auf dem Highway X,
Ich sah eine winkende Hand,
Das war zu ärgerlich.

Meine Frau hielt den Wagen an,
Neben dem lebenden Körper,
der in einer Blutlache lag,
Es war etwas schäbig.

Meine Frau gab ihr Tuch,
Wischte ihr Blut und Tränen ab,
Wir versuchten, sie zu trösten,
Sie war verschlungen vor Angst.

Wir brachten sie auf die Polizeiwache,
Sie war unfähig zu sprechen,
Die Polizei nahm einen Fall auf,
Um zu handeln, ein Haufen Freaks.

Sie war regungslos, mit
mit enormen inneren Qualen,
Sie konnte kein einziges Wort sagen,
Obwohl wir daneben standen.

Ärzte, Krankenschwestern, Stationsgehilfen,
Alle rannten zu unserem Auto,
Die Bahre brachte sie hinein,

Bereit, ihre Narbe zu flicken.
Insgesamt siebzehn Stiche,
in ihrer Bauchgegend,
Ein Verbrecher muss sie geschlagen haben,
Ihre Schläge mit Euphorie.

Die Geschichte ist hier noch nicht zu Ende,
Wir waren entsetzt, als wir feststellten,
Das Mädchen war taubstumm,
Sie war teilweise blind.

Als sie erkannte, dass,
Sie ist absolut sicher,
bemühte sie sich, es uns zu sagen,
Aber für uns war sie undurchschaubar.

Sie scheiterte wieder und wieder,
Ihre Tränen versperrten ihr die Sicht,
Sie hätte versuchen können, sich zu retten,
Sich selbst zu retten, in dieser regnerischen Nacht.
Überraschungen, eine nach der andern,
Als wir eine Anzeige fanden,
Ein Nachhilfelehrer einer Sonderschule,
Vermisst; machte uns wütend.

Sie waren zu viert, sie,
die ein Mädchen zur Stummheit erzogen,
Sie brachten das Mädchen in die Schule,
Der Plan war böse und gefühllos.

Das Mädchen, sagte die Lehrerin,
Sie braucht Nachhilfe,
Die Lehrerin stimmte zu, aber es war,
Ein Plan der einfachen Abwerbung.

Fünf Wochen nach dem Vorfall,
blieb sie im tiefen Koma,
Es dauerte fast sieben Monate,
um aus dem Trauma zurückzukehren.

In der Zwischenzeit wurden die vier Schurken,
wegen eines anderen Verbrechens festgenommen wurden,
Sie gestanden, andere Schrecken,
die sie in dieser Zeit begangen hatten.

Sie wurden an den Galgen geschickt,
Eine perfekte Belohnung für sie,
Sie war wieder da, in ihrer Klasse,
Ihre Nähte, nur der Saum.

Charlie Chaplin

Ich habe eine schlechte Angewohnheit.
Ich rede, oft,
Mit Charlie Chaplin,
Magisch erhaben.

Ich liebe es, ihn zu sehen in,
Seinem entworfenen Outfit,
Entworfenem Schnurrbart,
Hut, Schuh und Satire.

Unsichtbare Lippen, und
Große Augen so hell,
Großvaters Mantel,
Mit einem Stock so leicht.

Ich danke mir selbst, dass ich
ihn in Porträtform zu bringen,
Er lehrte mich, wie man
Den Hagelsturm zu lieben.

Hey Aurobindo, wer bist du?

Eine charmante Stimme kam von hinten,
"Hey, Aurobindo, wer bist du?"
Ich drehte mich um, suchte und wurde panisch, fand aber keinen.
Wer sollte hier fragen?
Die Neugierde stieg, denn ich hatte deutlich gehört,
meinen Namen 'Aurobindo', in dieser Frage.

Wenn jemand meinen Namen kennt, wie kommt es,
fragt er nach mir? Letztendlich ist der
Derjenige, der die Frage stellte, war es,
Das innere Ich, das nach dem äußeren Ich fragte.
Es ist uralt, weise und ein altes Erbe,
Frage, "Wer bin ich?

Man kann sie auch alt nennen. Ich habe mein Bestes versucht,
mein inneres Ich zu fangen, dachte, ich werde in der Lage sein
Nach einigen ernsten Gesprächen mich zu erkennen.
Das war vor 70 Jahren, und ich bin immer noch im
Diskussionsmodus mit leerer Hand und Geist.
Dann dachte ich, lass mich einen Dritten fragen, einen Kritiker.

Tulsidas hat dies immer wieder gesagt.
Deine Kritiker sind deine Wohlgesinnten.
Nicht bereit mit leerem Magen, also füllt sie,

mit vielen Dingen. Da kam die Wahrheit,
"Alles Maya, Aurobindo, alles Maya,
Nichts ist wahr in dieser Welt,
Alle Träume, verstehst du"?

"Nein, ich habe nicht verstanden. Wenn,
nichts wahr ist, dann ist alles,
was du sagst, ist auch unwahr." Sagte ich.
"Und wenn du unwahr bist,
dann ist meine Existenz real".
Ich verwirrte sie, sie verließen mich.

Ich war froh, neu anfangen zu können,
die Forschung an der kleinsten Zelle,
die alle Eigenschaften hat,
dieses Universums hat. Luft, Feuer,
Wasser, Erde und Raum.
Also gut? Nicht OK. Füge Instinkt hinzu,
Gefühl und Erinnerungsorte.

Wenn du diese Übung machen kannst, dann
wird es keinen Unterschied mehr geben,
zwischen Unendlichkeit und Null.
Beide haben die gleiche Eigenschaft,
in sich selbst. Sie sind universell,
allgegenwärtig und omnipotent.

Ovulation und Evolution sind
Dasselbe Aurobindo, sagte mein inneres Selbst.
Deine Hand, dein Bein, dein Torso, ja der ganze

Körper ist dein. Du bist weder Bein,
noch irgendein anderes Glied. Deshalb bist du
bist du nicht dein Körper. Der Körper ist die dritte Person,
während du sowohl die erste als auch die zweite bist.
Und ich habe mich wieder einmal selbst verwirrt.

Monitor

Ich erinnere mich, sein
Name. Chandi,
war der Lehrer
Unserer Klasse XI.

Normalerweise war der beste
Junge in der Klasse,
diese wichtige
diese große Position.

Aber der beste Junge,
muss nicht ein
Star-Werber sein,
des Schulleiters.

Chandi kannte die
Anforderungen von
HM so gut, dass,
Rang nicht existierte.

Er würde spielen, in
Turnieren, und
wird nie eine
Medaille, aber das ist ok.

Wir wurden nie
nie Monitor.
Wir waren Ranghalter.
Das ist alles, was wir waren.

Nach einem Jahrzehnt haben wir
Wurde uns das klar,
Er ist ein
Verkäufer, in einem Laden.

Ein letztes Mal

Lieber Bruder,
du hast dich entschieden zu gehen,
Ich wollte dich umarmen,
ein letztes Mal.

Die Lüftung, so grausam,
versperrte dir absolut,
Du hattest Qualen,
Du hattest akute Schmerzen.
Die Ärzte konnten nicht sagen,
warum du uns verlassen hast,
Sie sagten nur:
Gründe nicht bekannt'.

Du hast uns warten lassen,
Du hast uns verlassen, ohne
Winken, uns beraubt,
um dich zu umarmen,
Ein letztes Mal.

Homonyme im Leben

Ich erhob mich mit einer roten Rose in der Hand,
Sie zog es vor, meine Zuneigung zu vereiteln,
Und warf stattdessen eine Folie auf mich.
Ich wartete sehnsüchtig auf ein Date, aber,
Sie war nicht interessiert, sie war damit beschäftigt, eine
Verabredung zu essen.

Ich musste meinen Hals recken, um sie zu sehen,
Von hinten, schön, wie ein Kranich
Immer wie ein Kranich, ohne Rücksicht auf
Den Kran neben ihr, der die
Mülltonne neben ihr zu heben. Wie kann
Sie meine Liebe ignorieren?

Ich werde es lieben, für immer auf sie zu warten.
Sie lässt mich im Garten zurück,
Ich finde mich auf den Haufen von
Blättern, die sie dort ausgebreitet hat.

Ein Netz um mich herum, ich bin gefangen,
Doch was ist ihr Gewinn? Sie
beschäftigt sich mit vielen
Aktivitäten, ist sie wirklich engagiert?

Sie zeichnete einen Punkt mit einem Stock,
Auf den Boden, ich konnte nicht
ob es ein Endpunkt ist
der Endpunkt meiner einseitigen Liebe ist.

Ich halte täglich an der gleichen Stelle an,
Sie kommt von der richtigen Seite
der Fahrbahn, zur rechten Zeit.
Sie hat das Recht, zuerst einzusteigen,

weil sie eine Dame ist.

Sie hat einen reservierten Sitzplatz,
Im Bus, in der Straßenbahn oder in der Metro, alle
Metro-Städte sind gleich,
Ihre Masken verbergen die Schande.

Leerlauf-Logik

Eines Tages, beim Schlendern auf,
irgendeine Straße in Indien.
Bemerkte ich ein erstaunliches Plakat,
das an einer Tür angebracht war und auf dem stand.
"Hier lebt ein Experte für "Müßiggang",
Komm, zahl und lass dich ausbilden".
Neugierig geworden, ging ich hinein.
Er schaukelte auf seinem Schaukelstuhl.
Ich fragte ihn behutsam,
"Sind Sie der Experte für Müßiggang?"
"Oh, nein!,
Ich arbeite 18 Stunden am Tag,
und gebe den Leuten Schulungen,
"Wie man ein Experte für Müßiggang wird".

"Wer sind diese Leute?",
Mein Googlie.
"Leute, die Löhne konsumieren, ohne zu arbeiten",
Er sah mich an.
"Kannst du mir das näher erklären?" Ich.
"Ja, warum nicht?
Die Europäer berechnen den Lohn,
auf der Basis von Stundenarbeit;
In Amrika (?) sind die Löhne

direkt proportional zur geleisteten Arbeit.
Aber in Indien ist es umgekehrt proportional."
Er antwortete mit einem kühlen mathematischen Axiom.
Und ein Axiom ist niemals zu beweisen.
"Trotzdem ist eine Erklärung angebracht", ahmte ich nach.
Dann kam die bekräftigende Erklärung,
"Bharat schickt etwa 540 Priester, die sich um
unseren "Tempel der Gerechtigkeit, genannt Parlament".

Er fuhr fort: "Dort ist die Regel einfach,
Kamera an - Rufe an,
Kamera aus - Walkout an."
Sie sind alle hier ausgebildet.
Ich sprang von meinem Sitz auf und rief aus,
"Wow! Interessant".

Ich bot mich für einen Crashkurs an.
Eine Tarifkarte wurde mir ausgehändigt,
"Du solltest entweder Regierungsbeamter sein oder
ein Banker oder zumindest ein Politiker".
"Inhalt bitte", forderte ich bescheiden.
"Beschäftigt sich mit der Unnutzung der Zeit und ihrer
Faktorisierung,
In Tee, Kaffee, Paan, Mittagessen, wieder Tee, Kaffee und
Samosa,
Alles innerhalb der Räumlichkeiten,
Es muss dem Gesetz des gleichschenkligen
Gleichschenkliges Dreieck der Gefühllosigkeit.
Außerdem: Verhandlungen, Verhandlung,
Manipulation und Lieferung,
alles außerhalb der Räumlichkeiten".
Regel:" Einmal erhalten, niemals zurückgeben,
Leihen oder was auch immer, sollte sich wie ein,

Niemals zurückkehren Komet. Zur gleichen Zeit,
müssen einige Bauern sterben, um eine Plattform zu schaffen,
Um deinen zukünftigen Thron auf sie zu setzen.
"Spannend"! Ich meldete mich zu einem Crashkurs an.
Wurde Experte "Idle-logist", mit meiner
Blühendes Schulungsunternehmen mit vielen Filialen.
Und die Nachfrage ist groß,
In steigender Größenordnung,
mathematisch.

Non Veg Politico

Ein Nicht-Vegetarier,
muss über zwei Eigenschaften verfügen.
Er muss ein Mörder sein, und
verschlingen, was er tötet.

Überleben des Stärkeren;
Er las diese Predigt im
dem Buch. Jetzt weiß er es,
dass er ein schneller Killer sein muss.

Er legt seine Sonnenbrille ab,
und setzt stattdessen eine Geldbrille auf.
Wow! Überall Grünzeug!
So viele Dinge zum Töten!

Er ist glücklich mit seiner eigenen
Verwandlung. Er wusste es,
er kann gewinnen; alle Freunde im
Das Rennen, werden nun getötet werden.

Jalavat Taralang oder Klar, wie Wasser

Ich saß wie immer auf meinem Schreibtisch,
mit meinem Schreibblock und dem Stift.
Plötzlich tauchten zwei rotgesichtige Wesen,
aus dem Nichts, vor mir aufgetaucht.
Es waren Miss Poetry und Mr. Story.

Wütend und erregt fielen beide über mich her,
Herzklopfen, Schweißausbrüche, Nervosität,
Verschlang mich, rundherum, sah sie an,
Neugierig und überrascht, wie nie zuvor geschehen.
Mr. Story, wollte beginnen, doch Miss Poetry war dagegen.

Warten Sie, Mr. Story. Lassen Sie mich erst den Schriftsteller fragen.
"Hey, du, sieh mich an, warum hast du absichtlich,
ein Missverständnis zwischen uns geschaffen?"
Ich war verwirrt. Ich wusste nicht, dass ich es vermasselt hatte.
"Ich konnte nicht folgen, bitte sag mir, was passiert ist".

"Ich habe etwas zu klären", sagte Miss Poetry.
"Wenn du anfängst zu schreiben, wer kommt dir dann zuerst in den Sinn?
Komme ich, mit all meinen Kleidern und meinem Make-up?
Oder kommt Mr. Story mit Plots und Worten?
Wenn die Plots fertig sind, wer liest mir dann vor, Mr. Writer?"

"Ich stimme Ihnen vollkommen zu, Miss Poetry.
Aber es gibt ein süßes Klischee des Erzählens.
Der Rhythmus und der Fluss sind zwei Lebensadern,
Der juristische Gebrauch wird euch unterscheiden."
"Nicht sehr deutlich", schrieen sie zusammen.

"Das Äußere macht eure Identität aus", sagte ich.
Lasst mich klarstellen: "Ihr seid beide meine Schöpfungen,
also seid ihr für mich gleich. Lasst den Leser finden,
Den Unterschied, zwischen dir und dir. Wenn sie
Sagt, ihr seid Poesie, so ist das für mich in Ordnung", erkläre ich.

Ich fuhr fort: "Und wenn sie eine Geschichte wollen,
dann ändere ich einfach den Stil der Erzählung. Das war's."
"OK, sagen Sie es mir, Fräulein. Wenn es keine Geschichte gibt, dann,
kann es dann eine richtige Poesie geben?" Es scheint, sie,
mich verstanden zu haben. Geschichte in der Poesie, bedeutet,
wer ist wer?

Plötzlich fand ich beide lächelnd, und
Langsam vermischten sie sich, und,
und lösten sich schließlich in eins auf.
Kaum hatte ich angefangen, schrie die Feder,
"He, Schriftsteller, wo ist der Titel?", sagte er.

"Du kannst nicht schreiben, ohne einen gültigen Titel."
Es ist nicht mein Stil, bis ich zufrieden bin,
bis die Erzählung klar ist, denke ich nicht darüber nach.
Ich denke nicht einmal darüber nach. Der Titel ist die Seele
meiner Kreationen. Er muss klar sein.

Passwort

Ich konnte mich nicht einloggen.
Es war schrecklich,
Ich sah mein Leben,
an mir vorbeiziehen,
ohne mich.

Alles ging schnell,
an mir vorbei,
Ich blieb.

Verzweifelt,
suchte ich;
Ich bin ein Narr.
Ich vergaß meine
Einfachste
Passwort.

OMG!! Es war
Spiegelbild
von mir selbst.

Das Passwort,
welches,
mein Leben öffnen
Seite, einfach
und leicht. Es lautete
"Heuchler".

Janmabhumi

Janani Janmabhumischa Swargadapi Gariyasi.
Vielleicht von einem verrückten Philosophen geschrieben,
Entweder gab er vor, die Bedeutung von Swargalok zu kennen,
oder er ging davon aus, dass "Aal ist gut" in Martyalok.
Singur, Godhra oder das Ufer des Jhelam,
Die Farbe Rot ist überall gleich,
Es ist die Mutter, die am meisten leidet,
Denn sie kann den Schmerz und den Schrei nicht ertragen,
ihrer Söhne und Töchter nicht mehr ertragen.

Jeder sehnt sich danach, berühmt zu sein,
auf Biegen und Brechen,
Aber niemand durch seine edlen Taten.
Verletzte, Unglückliche werden von Klugen umgangen,
aber von Dummköpfen geholfen,
Sie können sogar ihren täglichen Lohn verlieren.
Sie sind bankrott in ihren Werten,
Viele sind professionelle Schuldige,
Die nur laut sind wie leere Gefäße.

Ohne Rücksicht auf die Folgen,
kritisieren manche ihr eigenes System,
und ignorieren den Sarkasmus der anderen.
Nachbarn, nah und fern,

Ziehen ungebührlichen Vorteil,
Von unserer wohlbekannten unaufmerksamen Denkweise,
Ungesundes, langwieriges, fragwürdiges Verhalten,
Von inneren und äußeren sogenannten Gratulanten.

Machen die Zahl mehr als erträgliches Limit,
Wie lange Mutter, wie lange, sollen wir glauben,
Ihre mythische Hypothese von nachhaltiger Freundschaft?

Unfähig, den Grad der Gefahr zu berechnen,
zwischen Reservat und Minderheit, Phänomen.
Abgesehen von der kriegslüsternen Nachbarschaft,
hat die Feindschaft selbst ihre Wurzeln geschlagen,
in den Arterien der egozentrischen Bürger,
Andere, gleichgültig, glücklich gehen,
Ohne Rücksicht auf die mögliche Beleidigung der Mutter,
Mögliches Ausbluten und mögliche Vernichtung.

Warum wir nicht erkennen, Freiheit ist nicht frei.
Weder umsonst zu empfangen noch umsonst zu erhalten.
Der Preis muss unter uns allen verteilt werden,
Wir können unseren Beitrag nicht ignorieren, sei es,
Wunderschön oder teuflisch, Opfer oder Sammlung,
Kindisch oder kindlich, impulsiv oder geplant.
Wir alle sind gemeinsam und kollektiv verantwortlich,
Um jede der drei Farben und das Wagenrad zu schützen.

Festspiele in Warli

Rund und rund und rund,
Die Tänze sind so metrisch,
Sie nennen ihr Horn, eine Tarpa,
Die Nächte sind lebhaft und musikalisch.

Sie wissen nicht, wie man kämpft,
In den Metros ist es so knifflig,
Sie haben noch nie etwas von M,
Mart, Mall, Mobile oder Mickey.

Weiße Gemälde an ihren Wänden,
erzählen die Geschichten ihres Lebens,
beginnend mit einem "Chaukhat" von Gott,
Sie machen alles aufregend.

Koexistenz, sie wissen es besser als wir,
Männer, Frauen und Tiere, leben zusammen,
Wir halten nur unsere vorbereiteten Vorträge,
Weder fühlen wir, noch kümmern wir uns.

Sie sind so nah an allen Verwandten,
Fern oder nah, sie können sich nicht unterscheiden,
Sie freuen sich gemeinsam, die ganze Zeit,
Manchmal leiden sie auch gemeinsam.

Sie schuften den ganzen Tag auf ihren Feldern,
Um Nahrung für uns in der Stadt zu produzieren,
Wir sind so undankbar und brutal,
Wir halten sie hungrig und durstig.

Sie stören sich nicht an unseren Grausamkeiten,
Wir erschaffen einen magischen Sturm,
Wir verschlingen Kröten mit Leichtigkeit,

Sie können nicht folgen, der Norm der Kreditgeber.
Geld, das wir verschlingen, müssen sie bezahlen,
Sie werden zwangsläufig säumig sein,
Der einfachste Weg ist, ihr Leben zu beenden,
Das ist ihre ständige Zuflucht.

Kein Geld für die letzte Ölung,
Wieder geht sie zum Verleiher, aber er,
Bittet sie, ihr Mangalsutra zu geben,
Sie ist nicht bereit, sich von dir zu trennen.

Wenn der Faden nicht im Hals steckt,
dann werden alle Männer, Hyänen.
Sie von ihrer Seele reißen,
Sie werden tanzen und singen mit ihrer Beute.

Wir sind darauf trainiert, sie zu schlachten,
So gnadenlos, wie wir eine Henne behandeln,
Niemand schert sich einen Dreck um das Verderben, um
All die großen Bosse, all die großen Männer,

Dennoch zündeten sie ein oder zwei Lampen an,
In ihrer kleinen Wohnung,
Essen die Roti mit Öl und Salz,
Gemüse, sind zum Verkaufen.

Sie singen, tanzen und beten,
vor ihrem Götzen Gott,
in der Hoffnung, dass er eines Tages lächeln wird,
Und alles wird sich durch sein Nicken ändern.

Die Hoffnung bleibt ihr einziges Gut,
Sie wissen, sie ist nicht zu verkaufen,
Doch Käufer gibt es überall,
Was ist, wenn sie fast ein Jahrhundert alt ist?

Ich habe sie in meinem Wesen skizziert,
Ich habe mich bemüht, ein Gemälde zu schaffen,
Gescheitert und versucht, und wieder gescheitert,
Unfähig, die perfekte Einstellung zu bekommen.

Schließlich machte ich einige Skizzen,
Damit ich meine Gefühle öffnen kann,
Lass mich weinen und lass mich tanzen,
Lass mich das Lied singen, das so erfrischend ist.

Wie sie, habe auch ich diese "Hoffnung",
Für mich, wie für sie, ist es keine Illusion,
Unser Gott sitzt in diesem Chaukhat,
Eines Tages wird er die Lösung vorschreiben.

An diesem Tag wird mein Bild lebendig sein,
Alle Figuren werden anfangen zu sprechen,
Kinder werden die Drachen in den Himmel steigen lassen,
Die Eichhörnchen werden auf die Bäumchen klettern.

Die Kühe werden uns genug Milch geben,
Und Getreide in Hülle und Fülle wird wachsen,
Sowohl die Menschen in der Stadt als auch auf dem Land,
werden großzügig, freundlich und liebevoll sein.

Leben in

Indrotuktion:
"Warum sollen die Jungs den ganzen Spaß haben?" Fragte das Mädchen.
"Warum sollten Mädchen all das Leid haben?" Fragte das Mädchen wieder.
Jungen haben keine Zeit für diese dummen Fragen,
Sie sind mit ihren lustigen Clubmitgliedern beschäftigt.
Wenn man Jungen begegnet, antworten sie: "Geh und frag,
den Schöpfer, warum er das Leiden so früh schuf,
Im Alter von 13 Jahren?" Vielleicht ist das der Grund,
Niemand, wie diese Nummer 13.

Die Geschichte:
Die Heldin in meiner Geschichte heißt Vinita.
Mein Held, Varun, nennt sie jetzt Señorita.
Beide stammten aus der gleichen Stadt,
beide waren hübsch und schön,
Unbekannt füreinander,
Von Natur aus völlig verschieden.
Gingen in die jeweilige Einrichtung,
Um ihre Träume und Vorstellungen zu verwirklichen,
Das Schicksal, hatte grundlegende Pläne für sie festgelegt,
Wurden ohne Probleme mit Jobs versorgt.
Beide waren auf der Suche nach einer Unterkunft,
um zu leben, sich niederzulassen und zu entspannen.
Orthodoxe Besitzer geben nicht an Einzelne,
Varun machte sich auf die Suche nach einer Nachtigall.

Eines Abends war Vinita verdammt frustriert,
schlürfte Kaffee, suchte "zu vermieten", war aufgeregt,
Da kommt Varun herein, in ärgerlichster Stimmung,
Sieht ein Mädchen allein, direkt vor sich, er steht,
Fragte: "Darf ich hier sitzen, wenn es dir egal ist?"

Ohne auf ihre Antwort zu warten, schnappte er sich einen Stuhl.
Ohne zu grüßen, ohne zu wünschen, bestellte er einen Kaffee,
Überrascht dachte sie: "Ist er ein Mann oder ein Goofy"?
Als er es merkte, sagte er: "Tut mir leid, ich habe mich unhöflich benommen,
Aber was kann ich tun, wenn die Besitzer so gerissen sind?"
Bevor sie reagieren konnte, fand er ihre "Zu vermieten"-Seite,
Aufregung und Glück lösten seinen ganzen Zorn auf.

Plötzlich wurde er so höflich, so sanft,
Sie nutzte ihren sechsten Sinn, um seinen Eigensinn zu studieren.
Sie wusste, und er wusste, dass es gemeinsame Probleme gibt,
Die Gedanken begannen mit hoher Geschwindigkeit und Bewegung zu fliegen.
"Bist du auf der Suche nach einer Bleibe?" Beide auf einmal,
Lachen zusammen, bestellen Gläser mit Saft und Limette.
Sie wussten, dass sie zur selben Stadt gehörten,
bettelte Varun sie fast an, indem er sich hinkniete.
"Willst du mein Partner sein, um mein Leben zu retten,
Und so tun, als wären wir wirklich Mann und Frau?
Vinita, meine Señorita, bitte, sag nicht NEIN,
Ich habe keinen Ort, an den ich gehen kann."

Vinita lächelte, sie war amüsiert,
Sie war vernünftig und sicher nicht verwirrt.
"OK, ich bin im Prinzip einverstanden, werde meinen Vater konsultieren,
Du kannst auch deine Freunde konsultieren, das wird nicht so schlimm sein".

"Unter der Bedingung, dass ich eine Wohnung mit 2BHK bekomme,
eine Küche für mich und ein Bad für dich, OK?"
Er war bereit, zu allem "Ja" zu sagen,
Auch wenn er die Miete zahlt und sie nichts.
Beide Eltern gaben ihre Vorschläge ab,
Vinita erhielt zusätzlich eine Liste von Warnungen.

Die Vermieter ließen das Paar freudig ein,
nicht wissend, dass ihre Beziehung "Live-in" ist.
Die Zeit verging, sie kannten sich gut,
Die Bindung und die Sympathie füreinander wuchsen.
Wann es geschah, wissen sie nicht mehr,
Als aus zwei Schlafzimmern eine gemütliche Kammer wurde.
Sie wurde schwanger, es war unvermeidlich,
Sie begann zu überlegen, ob ein Abbruch möglich sei.
Die Eltern auf beiden Seiten sagten: "Töte das Kind nicht, es ist lebendig,
Heirate, es ist ein Glück, mach deinen eigenen Bienenstock".

Beide waren unerbittlich, sie wollten diese Last nicht auf sich nehmen,
"Warum haben sie die Pille und den Vorhang zerfetzt?"
Sie stimmten zu, abzutreiben, und sie trieben ab,
Alle Dinge sind jetzt sauber und alle Dinge sind geordnet.

Epilog:
Sie verabschiedeten sich lächelnd in ihre jeweiligen neuen Behausungen,
Sie litt als Frau und er genoss als Mann.

Router

Ich bewege mich nicht viel, ich brauche einen Booster.
Sie ist meine Frau und sie ist mein Router,
Sie lässt mich nicht bis neun Uhr schlafen,
Sie sagt: "Steh auf, mach die Arbeit, die mir zusteht".

Yoga ist ihre Leidenschaft, die ich am wenigsten mag.
Serien von Twist n bend, gib mir Tee und Toast.
Ich sehe gern fern, auch das ist meine Schuld.
Jeden Abend muss ich etwas Malz nehmen.

Ich habe vergessen, dass ich früher Süßes gegessen habe,
Heutzutage bekomme ich nur noch halbe Kaju-Katli zu essen.
Bei einer Routineuntersuchung stellten die Ärzte fest, dass es mir gut geht,
Nichts zu befürchten, sagten sie, ich solle trinken und essen.

An diesem Tag bestand ich darauf, mit ihr in ein Restaurant zu gehen,
Sie bat mich zu bestellen, aber ich sagte: "Ich kann nicht".
Ich aß, was sie mir gab, Ich bekam einen Salat, der so gut schmeckte,
Ich bin gesund und munter, als ich gehe, die ganze Würze.

Ich verlasse mich auf meinen Router; sie gibt mir keine Pommes,
Yoga am frühen Morgen, versuch's mal mit Pranayam.
Verblüfft, mit ihrer Liebe, Hingabe auf dem Höhepunkt
Sie hielt mich immer fit, ließ mich nicht krank werden.

Wie kann ich dir danken, dass du so lange bei mir bist,
Gewiss, eine Not für dich, doch mein Leben ist voll von Gesang.
Es ist selbstsüchtig für mich, du hast dich immer gekümmert,
Ich schäme mich für mich selbst, nichts habe ich je geteilt.

Lass mich heute versprechen, es soll nicht gebrochen werden,
Ich will versuchen, dir zu helfen, jetzt, wo ich erwacht bin.
Ich habe keine Angst mehr, denn du bist bei mir,
Ich kümmere mich nicht um andere, ich kümmere mich nur um dich.

LOA

Tag eins
Das Vorstellungsgespräch war mehr als zufriedenstellend.
Es handelte sich um eine Stelle als Büroangestellter der Regierung.
Sie fragten nach dem Kutub Minar und dem
Eifelturm, ich antwortete richtig, denn
ich meinen MA in Weltgeschichte gemacht habe.
Ich beantwortete auch Fragen zu nachhaltiger
Energie, integrative Politik und Anna Hazare-Bewegung.
Es wurden keine Fragen zum Büromanagement gestellt,
worauf ich mich wirklich gut vorbereitet hatte,
Dieses Gespräch. Sie sagten fröhlich,
Sie sind ein Genie, ob, ich wirklich will,
in diesem Büro arbeiten will. Ich sagte "Ja".
Ich brauchte diesen Job dringend, sehr dringend.
"OK, dann wirst du innerhalb von zwei Tagen
das LOA (letter of appointment) bekommen.

Tag zwei
Es ist ein Tag des Wartens und des Rechnens.
Wie viel werde ich ziehen können,
den Karren meiner Familie aus dem Dreck zu ziehen.
durch den vorzeitigen Tod meines Vaters,
mit diesem mageren Gehalt eines Angestellten? Aber,
ich war sehr glücklich. Jemand brachte,
zwei Rossogollas für mich! Ich mochte den Geschmack.

Dritter Tag
Der dritte Tag heute. Es ist 9.30 Uhr. Postbote,
sollte bis 10 Uhr ankommen. Alle meine Kumpels,
Alle meine Freunde und Bekannten warteten, um ihn zu
begrüßen.
Es war quälend; er kam überhaupt nicht.

Vielleicht ist der Brief nicht aufgegeben worden, kann sein,
Der Page hat die Anweisung von,
Badababu, nicht richtig befolgt. Ich erinnere mich genau,
Er selbst hat meine Auswahl verkündet. OK, es
Passiert, ein weiterer Tag, macht nichts
nicht viel. Morgen wird es sicher kommen.

Vierter Tag
Gewartet, gewartet und gewartet. Mein Haus,
wurde zu einem Wartezimmer. Ängstlich, niedergeschlagen.
Am Nachmittag waren alle unruhig. Einstimmig,
wurde ich gebeten, zum Postamt zu gehen, um zu bestätigen.
Postbeamter, Postmeister und andere sagten alle,
"Herr, er ist nicht gekommen, wir werden sicher kommen,
um den Brief zuzustellen, wenn er ankommt.
Frustriert kehrte ich nach Hause zurück.
Eine weitere lange Nacht in der Warteschleife.

Fünfter Tag,
Unruhig, genau, um 10 Uhr morgens, baten alle
Ich sollte zu diesem Büro gehen und mich erkundigen,
über den Status des Briefes.

Als ich ankam, sagte der Beamte: "Sir,
Ein Brief wartet auf Sie in "Badababus'
Kammer. Bitte holen Sie ihn beim Büroangestellten ab.".
Er hatte recht, es war LOA. Er lautete,
Ein Entschuldigungsschreiben. Der Auftrag ging an,
den Sohn von Badababus Schwager.

Beute des Mutterlandes

Die Zeit nimmt sich keine Zeit zum Durchbrennen.
Voranzugehen, dein Name ist Seele.
Du bist da, Mutter,
das Leben so außergewöhnlich.
Das Wenige, was uns bleibt,
ist deiner Gnade gewidmet.
Ich verspreche, wir versprechen, du wirst sehen
Wird dich verwandeln, meine Mutter,
in ein zauberhaftes Land des Überflusses.

Obwohl es viele verschiedene Farben hat,
in Glaube, Kaste, Sprache und Glauben,
Ungleichheit in der Einheit nicht erlaubt,
Wie von Buddha, Mahavir,
Govind und Kabir in der letzten Zeit.
Ram Rajya kann konzeptionell kein Mythos sein,
Wir besitzen einen soliden Sockel des aktiven Adels,
Behaupten, dass das Land verwandeln wird,
In beneidenswerten Wohnsitz.

Aber, Phrase "Gleichheit" darf nicht erodieren,
Rechts, links, oben oder unten,
Kann uns kein bisschen bewegen,
Sei bereit, deinen Torso zu eliminieren,

Um den Kopf hoch und gerade zu halten,
Wir werden nicht zögern, die Übel zu vereiteln,
Lasst niemals die Farbe der Freiheit verblassen,
Denn sie beruht auf unvergesslichen Opfern,
Das muss anerkannt werden.

Oh Allmächtiger!
Bitte setze dich ein für die Aufrechterhaltung des,

"System der Gerechtigkeit",
Bestrafe die Straffälligen mit tödlichen Schlägen,
Missetäter müssen erkennen,
dass sie für immer untergehen müssen.
Brecht die Beschleunigung der
Gefährdung der Brüderlichkeit,
Stelle die Einheit zwischen Natur und Menschheit her,
Du bist unzerstörbar Schöpferin Mutter!

Wie können sie es wagen, zu manipulieren,
Den Grundinstinkt der Liebe zu manipulieren?
Lass sie gehen, ohne weitere böse Tat
des Hasses zu verbreiten,
Lasst sie diese Traumland-Bühne verlassen.
Gewöhnt, sich zu schminken und zu maskieren,
Das Pferd läuft wild ohne Herrschaft,
Unwissend über die Folgen ihrer Untaten,
Über die sie ununterbrochen Rechenschaft ablegen,
Oh Herr! Mit Verbannung,
Vergib auch ihnen,
Denn sie sind unwissend,
Ihre eigene Mutter zu plündern.

Satz des Pythagoras

Pythagoras, vergessen
Das weitaus
Wichtigeren
Aspekt seines eigenen
Satzes.

Wenn die Basis gegen Null tendiert,
Beide, Senkrechte und
Hypotenuse,
gleich werden
Und hoch.

Langsam und beständig,
sind sie damit beschäftigt
Das Gemeinsame zu machen
Menschen zur Null tendieren,
damit sie sich alles nehmen können.

Magisches Indien

An alle, die hier sitzen,
schließt bitte eure Augen.
Ich bin Magier der Große,
werde euch in ein Land bringen,
wo alle Sünden reingewaschen werden,
Ihr habt Götter, die ihr wählen könnt,
Die Menschen sind durch ihre Geburt bekannt,
Du bist der erste Bhakt Gottes,
Wenn Sie, super duper reich sind.

Wir haben erfunden, Wasser von,
Holi Ganga, Yamuna, Godavari,
Saraswati, Narmada, Sindhu(?)
Und Kaveri, mit magischer
Kraft, alle Sünden zu waschen,
begangen von dir, in deinem
Leben begangen haben, nur durch fünf,
Sieben oder elf Tauchgänge, je nachdem,
von der Quantität und Qualität,
Eurer begangenen Verbrechen,
Sowie von der Summe,
den Sie bereit sind, auszugeben.

Sie können Ihr Paket wählen,
Zahlt den erforderlichen Betrag an,
an den designierten Panda oder Priester,
der über die Stimmungen,
und die Bedürfnisse aller Götter,
Und die Kategorie der Sünden, die,
Sie können dich waschen und zur
Reinste Person im Lande,
Frei, wieder dasselbe zu begehen,
Oder noch größere Verbrechen zu begehen.

Abhängig von deinem eigenen Lebensraum,
sind verschiedene Götter stationiert,
an verschiedenen geeigneten Orten,
Um sicher zu gehen, dass man keinen verpasst.
Hier sind die Götter von Natur aus ein bisschen böse,
aber das macht nichts, solange deine
Opfergaben erheblich hoch sind.

Wir haben viele Maa-Götter, Baba-Götter,
Devi-Götter und auch einige Kanya-Götter.
Pandas sind mit allen Ritualen ausgestattet.
Ihr müsst die Namen eurer Vorfahren angeben,
Ihrer Vorväter, wenn Sie sich erinnern,
Oder sie haben ein gemeinsames Substantiv erfunden,
für alle Ex-Bürger als "Omuk"; donch,
Sie sorgen sich, wenn Tempel, Sie werden
Finden, wo entweder eine Dame ist nicht
Erlaubt ist innerhalb eines bestimmten Alters,
Sogar Männer, können nicht erlaubt sein,
Aus Gründen, sie wissen es besser.
Aber du brauchst dich nicht zu sorgen,
Alles lässt sich, magisch
Verwaltet werden in diesem Land
der Verzauberung.

Liebe Leute, noch etwas,
Wenn ihr magische Kräfte habt, könnt ihr
könnt auch ihr entweder den berühmten,
Baba-Beruf oder Yogi-Beruf,
oder sogar den lukrativen Maa-Beruf.
Es gibt auch ein Risiko. Manipulieren und
Mit Millionen spielen, nicht können? Dann Knast.

Magier, fähig, selbst zu trainieren,
P.C. Sarkar und seine Söhne, haben eine besondere
Geschick, einen Stein in ein

Kraftwerk der Segnungen.
Die Voraussetzungen sind einfach und kurz.
Ein Banyan-Baum in der Nähe einer Klasse XII Prüfung.
Zentrum, ein dreidimensionaler gleichschenkliger
Dreiecksform glatter Stein,
Ein drei Fuß langer Dreizack (Trishul),
Einige rote Acrylfarbe zu setzen, Öl,
Eine Girlande deiner Wahl, einige Münzen
Münzen, und Geldscheine vor.
Marketing-Fähigkeit der Projektion, wird
den Grad der Länge, der
Die Warteschlange, die Sie für die Zukunft geplant haben.

Sie haben auch eine besondere Macht,
um die Geister zu kontrollieren, die sich im
Einem Körper eines unschuldigen Mädchens,
Denn sie wissen, Geister bevorzugen Mädchen,
um es sich bequem zu machen.
Sie verprügeln das Mädchen mit unmenschlichen
Alternativen, vom Werfen roter Chilischoten,
ins Feuer zu werfen oder einen Bambusstock zu benutzen.
Sie werden gut bezahlt für diesen
Akt des gnadenlosen Verhaltens und der Folter.
Sie sind respektable "Ojhas".

Frauen haben hier einen besonderen
Status, entweder werden sie vergewaltigt, egal wie klein,
oder sie werden als Idol in Anhängern verehrt.
Liebe Landsleute, jetzt ist es an der Zeit,
Ihre Augen zu öffnen, Wenn Sie wirklich können.

Kaufmann der Träume

Geboren und aufgewachsen in einem abgelegenen Dorf,
Wusste nichts über Strom und Telefon,
Persönliche Kamera oder Musikanlage und Fernsehen.
Kerosinlaterne war alles, woran ich mich erinnere.

Wir haben alle Gedichte rezitiert und die Sonne gepriesen,
denn das war damals der einzige Lichtstrahl.
Zwei- und vierrädrige Fahrzeuge waren uns fremd.
Ochsen waren unser bester Freund für den Transport.

Morgenstavan und Abendmantras waren,
Teil unseres Lebens, die wir nie verpassen durften,
Auch heute noch sind sie immer bereit, erzählt zu werden.
Wir konnten die Älteren an ihren Füßen erkennen.

Zeichen, Ränge, und die Last des Rucksacks, alle
Wurden berühmte Erfindungen und Entdeckungen,
Wir schafften es trotzdem, gemeinsam weit voraus zu sein.
Eine Gruppe nach der anderen und eine Charge nach der anderen.

Vielleicht, weil wir weniger ablenkende Einheiten hatten,
Wir fürchteten unsere Eltern und gehorchten ihren Befehlen,
Tische waren bereit, Grammatik, richtig platziert,
Nie nervös, den größten Sprung zu wagen und zu fliegen.

Wussten nicht, wie man mathematisch rechnet,
Die Größe unserer Träume, ihre Länge und Breite,
"Arbeite hart und fleißig", das wurde uns gesagt,
Der Erfolg kann sich nicht entziehen, niemals. Er muss auf dich zukommen.

Was lief schief im alten System? Träume

Wurden in eine andere Druckbelastung umgewandelt,
Zweisamkeit wurde zu halsbrecherischer Individualität,
Kindheit, begraben unter sperrigen Wissensbüchern.
Bücher auf das Bett geworfen, um den Spielplatz zu erreichen,
Murmeln, Papierboote im Regen, Gulli-Danda, Gulail,
Verstecken, Ekka-Dukka, Drachensteigen und Kabaddi,
Sind einige Wörter aus dem Wörterbuch, wir lebten in ihnen.

Kinder, die kaum die überdisziplinierte Hausaufgabenroutine aushalten,
Sie werden zu unerwünschter früher Reife gedrängt.
Hausarbeit, Kinderarbeit und Büroarbeit, haben,
die mentale Stabilität aller berufstätigen Mütter gebrochen.
Eine Notlage, die nur Gott kennt,
Oberflächliche, perverse Träume werden online verschickt,
Quälende Darbietungen werden auf Video aufgenommen, um viral zu gehen,
Es ist ein Wettlauf mit der Zeit, um über Nacht berühmt zu werden.

Michael kann nicht sterben

BAD" ist Michael passiert,
Der am höchsten bewertete Tänzer,
Die Schule der "INVINCIBLE"-Akte,
die er erfand und schuf.
'THRILLER' folgte während
Leben, n Ende des Todesweges,
'OFF THE WALL' ging er,
mit seinen drei Kindern.

'GESCHICHTE - VERGANGENHEIT, GEGENWART UND
ZUKUNFT' wird bestimmt erzählen,
dass die letzten Jahre sicherlich,
'DENGEROUS' für Michael waren.
Dass er nie Blut vergossen hat,
'BLUT AUF DER TANZFLÄCHE'
Also, wir vermuten ein Verbrechen,
Auf seinem Sterbebett ganz sicher.

Eltern Joe und Catherine,
hatten insgesamt zehn Kinder,
Band 5 und Band 5,
Vielleicht wollten sie anrufen.
Aber Brandon, der siebte,
Trotzte seiner eigenen Geburt,

Innerhalb von Stunden, verließ sein Zwilling
Bruder Marlon, diese Erde verlassen.

Nun, mit drei Schwestern zurückgelassen,
und sechs Brüdern,
um ein brandneues Kapitel zu schreiben,
in der Unterhaltungskasse.
Mit Robbie, Jaccky, Tito, Jermine,
Zusammen mit La Toya,

Marlon, Michael, Randy und Jenet,
um später 'HISTERIA' zu schaffen.

Michael ist jetzt der siebte,
Bevor er zehn wurde,
In den Straßen des Ghettos,
In der engsten Gasse,
schrieb und komponierte.
Sang seine jetzt berühmten Lieder,
Berühmt wurde er,
In kurzer Zeit.
Sowohl Ruhm als auch Geld,
folgten ihm in Windeseile,
Verleumdungen wurden praktisch,
Für Leute mit Gier.
Sie zerrten und malträtierten
Und verkrüppelten ihn zum Lügner,
Mit einer Überdosis Drogen vielleicht,
Zum Sterben unbeaufsichtigt gelassen.

Wie kann ich nur glauben,
Dass Michael nicht mehr ist?
Wie kann ich nur glauben,
Dass er die Tür geschlossen hat?
Seiner wunderbaren Lieder,
und seinem spektakulären Tanz,
ist nichts Neues gekommen,
Auf keinen Fall, auf keinen Fall.

Doch der König ist geblieben,
in Millionen von Herzen,
die sich an seine Taten erinnern,
und vergegenwärtigen seine Künste.
Ich fühle es, dass ihr es fühlt,
Und alle, die ihn kennen,
Mit Tränen, die sie vergießen
Ein Gebet für seinen Traum.

Der Lenkdrachen

Ich war glücklich,
oben zu fliegen,
In den Himmel.

Der Wind war
Mein Führer, für
Den Weg in die Unendlichkeit.

Ich dachte,
ich bin mächtig,
ich kann gehen,
Weit, weit darüber,
und lasse andere
Unter mir, dort.

Ich habe es total vergessen,
Jemand ist
Zieht am
Faden, der
Plötzlich wurde,
gerissen.
Ich war hilflos.

Vier Rennpferde

Vier erwachsene Pferde,
wurden darauf trainiert, schnell zu laufen,
Schneller als ihr Vater,
Um die Lust des Besitzers zu befriedigen.

Stramm aufgesessen von links,
Leicht befestigt der Sattel,
Die Jockeys gaben Beifall,
legten ihre Beine auf das Paddel.

Vier laufende Pferde,
rennen auf die Stange zu,
Sie sind sich nicht bewusst,
Was das Ziel des Besitzers ist.

Drei von ihnen haben gewonnen,
Millionen für den Besitzer,
Der vierte konnte nicht gewinnen,
Er schlief in der Ecke.

So reine Milch in den USA

Patels und Motels sind Synonyme,
Überall auf der Welt, wo man hingeht,
Patels sind da, um dich zu begrüßen,
Motels sind da, um dich so zu bedienen.

Als wir beschlossen, Amerika zu sehen,
dachten wir, wir fangen in Kalifornien an,
Durchsuchten die Liste der alten Freunde,
Alle träumten von den USA, es war ihre Manie.

Gingen, arbeiteten hart und ließen sich nieder,
Heirateten entweder hier oder dort,
Verdienten viel, Millionen von Dollar,
Führten ihr Leben mit Fanfaren.

Mukul Patel, mein Freund aus Anand,
War glücklich, bat uns zu kommen und
in ihrem großen Bungalow dort zu wohnen.
Wir antworteten: "Wir werden sicher landen".

Wir planten unseren gesamten Aufenthalt, von
Ost nach West und Süd nach Nord,
Niagara kann nicht ausgelassen werden, es ist ein Muss.
Wir vermieden es, hin und her zu reisen.

Nachdem wir die Hälfte der USA hinter uns gebracht hatten,
wollte ich die dringend benötigte Ruhe haben,
Mukul kam zum Flughafen, um uns nach Hause zu bringen,
Ost oder West, Hollywood ist das Beste.

Mukul mit Mutter Ba, und Frau Sarla,
Mit Aki und Rani, ihrem Sohn und ihrer Tochter,
Alle waren glücklich, uns dort zu empfangen,
Besonders Rani, mit ihrem eleganten Lachen.

Wir sahen Hollywood, in größerer Tiefe,
Wir genossen in Muße, waren nicht in Eile,
Rani und Aki hatten, viele Freunde,
John, Rehana, Christie und Mary.

John, der gutaussehende, enge Freund von Rani,
Sie geht zum Einkaufen, in Seide gehüllt,
Ba, nervös, wenn sie mit John geht,
Er besteht immer darauf, ihr ein Glas Milch zu geben.

Mutter bereitet die Milch für Rani vor,
Ba, fordert Rani auf, das Glas Milch zu nehmen,
Rani kümmert sich nicht darum und bittet John zu kommen,
Er sah hinreißend aus, in einem kastanienbraunen Seidenkleid.

Rani ging mit John, hörte auf niemanden,
Ba und Ma schluchzten beide wie ein Kind,
Wir waren beide verwirrt und neugierig zugleich,
Die meisten Erwachsenen von heute mögen keine sanften Sachen.

Sie fragte Ba, was der Grund dafür sei,
Ba nannte den Grund, und wir waren beruhigt,
Wenn Rani mit John geht, zittern wir,
Milch geben wir, gemischt mit Antibabypille.

Nach unserer großen Tour, zufrieden, zurück gekommen,
Wie immer, früh morgens, kaufte ich,
Zwei Päckchen Amul-Milch, die wir täglich brauchen,
Amul ist reiner, als wir sonst dachten.

Mein letztes großes Buch

Es geht nicht um Face Book,
Es geht nur um das Manuskript,
Ich habe es einmal gelesen, viele Male,
Bewahrte es, sicher, vor dem Schlag.

Das einzige Buch der Gefühle,
das ich in meinem Leben sammeln konnte,
Tonnen von Liebe und Zuneigung,
N Punkte, um zu lösen, das Streben.

Ein ganzes Buch wurde geschrieben,
auf einer einzigen gelben Seite,
die wir früher Postkarte nannten,
Wurde von einem Weisen geschrieben.

Die Autorin war meine Großmutter,
Sie hat uns alle geliebt,
Eine kleine Postkarte lehrte mich,
dass unser Herz nicht so klein ist.

Ich habe diese Postkarte aufbewahrt,
Gesichert in einem Rahmen,
Vater schrieb meine Adresse
Angefangen mit meinem Namen.

Dadi, könnte ihm gesagt haben,
er solle ein paar Zeilen für mich hinzufügen,
"Ich liebe dich, mein Sohn", das war,
Genug, um mich zum Lachen zu bringen.

Verpasste Gelegenheit

Mein Vater hat mir einmal eine Geschichte erzählt.
Ein kluger Junge bekam einen Job in den USA.
Er sah eine Wahrsagemaschine,
Am Flughafen, neugierig, versucht.
Es kam die Antwort: "Du hast eine glänzende
Und wohlhabende Zukunft in den USA,
Dein Flug wartet schon, beeil dich."

Verwundert, wollte er mehr.
Versuchte es erneut, warf eine Münze ein.
Die Antwort war laut und deutlich, ein
"Dummkopf, ich habe dich gebeten, dich zu beeilen,
Das Flugzeug ist ohne dich abgeflogen".

Mein Vater fuhr fort,
"Gott gibt selten eine Gelegenheit zweimal.
Animesh Bose und Rajender Singh,
Eine wunderbare Kombination von Freundschaft.
Sie gehörten zu Bengalen und Bihar.
Beide waren brillante Träumer ohne Grenzen.
Singh landete in Großbritannien, Bose in Gaya.

Singh heiratete eine Weiße, um grün zu werden,
Bose glaubte an arrangierte Ehen.

Maria, Mrs. Singh, hatte viele Freunde,
Sie pflegte ihre Freundschaft mit ihnen,
Die Freundschaft war oft auch körperlich,
Und sie fand nichts Falsches daran.
Er wollte die Scheidung, sie bekam eine Million.
Frustriert kehrte er mit leeren Händen zurück.
Er kehrte ins Ausland zurück, keine Jobs mehr in Indien.

Bose heiratete ein unbekanntes, einfaches Mädchen,
Morgens Tee, Mittagessen, Tiffin,
Abendessen, Ad perfekt, Wäsche waschen, und auch,
ihr einziges, gerade geborenes Kind großziehen.
Bose liebte beide, verbrachte Zeit mit ihnen.
Singh verpasste den Flug, Bose stieg direkt ein.

Stellplatz

Ich stehe auf dem Spielfeld,
und spiele mein Innings,
'Am voll genießen.

Ich möchte nicht
Aus, früh. I wish,
mein Spiel zu beenden.

Ich habe meinen
Job zufriedenstellend erledigt,
Meine Mannschaft hat gewonnen.

Jetzt werde ich spielen,
um ein paar
Rekorde für mich.

Habe beide Hände
Beschäftigt mit
Pinsel und Stift.

Ich bin bereit mit,
Leinwänden und Papier,
zu malen und zu schreiben.

Mein Gott, die Kopfbedeckung ist schwer!

Aufregung auf den ersten Blick, ich wurde süchtig.
In der Uni-Mensa, hörte das Lachen der Mädchen,
drehte ich den Kopf und entdeckte eine Versammlung,
von Gottes besten Kreationen in bunten Outfits,
Da war sie, in der hintersten Ecke, lachend.

Schaut zur Decke, lockige Haare fallen herab,
Sie machte eine Atempause und wischte sich die Tränen des Glücks ab.
Fand einen Fremden in mir, starrte sie verzaubert an.
Im nächsten Moment war sie wieder bei ihren Freunden und lachte, was mich in eine unerklärliche Situation der Fassungslosigkeit versetzte.

Da morgen Sonntag war, verfluchte ich alle Wesen,
das Sonnensystem, die College-Verwaltung,
Ich fand überall Feinde, die sich über mich lustig machten.
Fand meine Freunde furchtbar, Strände erbärmlich,
Sogar mein eigener Wohnsitz weigerte sich, mich als Mitglied zu akzeptieren.

Unerträgliche Leere verschlang mein ganzes Wesen,
Ich scheiterte unglücklich daran, logisch und vernünftig zu sein,
Bis der unbarmherzige Sonnengott aus dem Blau verschwand.
Montag, endlich, unerbittliche Suche nach diesem lächelnden Gesicht,
Eingeprägt in meinem Geist und meiner Seele, die sich hektisch bewegt,
Von Klasse zu Klasse, Stockwerk zu Stockwerk, Kantine, Garten, Bibliothek,

Nirgendwo sichtbar, unauffindbar, wie ein verschwindender Akt
von Sarkar, Mürrisch, besiegt, traurig, dachte ich, ich hätte sie für
immer verloren.

Alleine, eines Nachmittags, an die Terrassenmauer gelehnt,
Plötzlich entdeckte ich sie inmitten ihrer immer lächelnden
Freunde,
mit ihrem offenen, lockigen Haar, in ihrer gewohnten
Natürlichkeit.
Als ich sie wiederentdeckte, bestätigte sich mein intensiver
Wunsch,
sie besser kennenzulernen.

Ich nahm genug Mut zusammen, rüstete mich mit allen formellen
Gesten aus, kam eilig herunter und ging direkt zu ihr, um "Hallo"
zu sagen.
Dummes Stimmband! Weigerte sich, dem Signal des Meisters zu
gehorchen,
Sowohl ich als auch sie verwirrten mit unserer eigenen visuellen
Darstellung,
bestehend aus vielen Fragezeichen und Ausrufezeichen?!

Im Zustand der transzendentalen Meditation streckte ich meine
Hand aus.
Ich wusste, welche Hand ich schütteln wollte,
Sie wussten nicht, welche Hand ich schütteln wollte,
Wollte mir die Chance meines Lebens nicht entgehen lassen,
Ging direkt zu ihr und bat um ihre Freundschaft.
Unwissend, dass alle mich gut kannten, als den Schüler des Jahres,
Alle anderen stimmten freudig zu, mein Freund zu sein, aber sie
schwieg. Da ich weder Astrologe noch Gesichtsleser bin, konnte
ich ihre Gedanken nicht lesen,
Sie wich meiner ausgestreckten Hand aus und verschwand
lächelnd mit ihren Freunden. Palat', sagte ich, aber ich bin weder
Varun noch Datt noch Khan.
Ich habe wieder versagt.

Ihr sechster Sinn war super aktiv, bald wurden wir Freunde.

Es war eine Bedingung. Wenn ich jemals meinen akademischen Rang verliere,
ist alles vorbei.
Und wenn ich sie behalte? Sie willigte ein, in Zukunft an mich zu denken.
Frustrierendes Hochgefühl, wie ich es nenne. Ich, eine Münze, die auf der Kante steht, immer bereit, bei der kleinsten Provokation umzufallen.

Allmächtiger! Ich grüße dich, dass du mir hilfst, aufrecht zu bleiben, und
dass du mir nicht erlaubt hast, dem "Jungs bleiben immer Jungs" zu frönen,
Diese Art von Aktivität half mir, beides gleichzeitig zu erhalten, meinen Rang und ihre ungeteilte Aufmerksamkeit für alle meine Bedürfnisse.
Unsere jeweiligen Eltern nickten, und wir waren verlobt.

Während der Hochzeit trugen wir unsere jeweiligen Kopfbedeckungen. Sie war damals sehr leicht.
Später stellte ich fest: Mein Gott! Die Kopfbedeckung ist schwer!

Verstreutes Diagramm

In der dunkelsten Nacht,
Auf der Terrasse, allein,
höre ich den Klang von
Der winkenden Hände, der
funkelnden Sternen über mir.

Ich antworte dir,
mit demselben Scherz,
Ich spreche zu dir, als ob,
Ich bin ein Stern, geboren,
mit viel Glückseligkeit.

Glücklich, menschlich zu sein,
Mit bedingungsloser Liebe,
Zu euch allen, dem
Naturphänomen, so
Verstreut auf meiner Leinwand.

Vipaswana

Nach der Tradition des Theravada-Buddhismus,
Vipassī , der 998. Buddha des Vyuhakalpa,
der auch als Ära des glorreichen Äons bekannt ist,
Brücken, das Vyuhakalpa und das Bhadrakalpa.

Vipassi, war ein großer Mönch, immer umgeben,
von vielen Schülern, die begierig darauf waren, seine Predigt zu verschlingen.
Vielleicht gab er dieser Welt die Kunst des Vipaswana,
die von vielen praktiziert wird, aber darüber weiß ich nichts.

Anpassung der Negation, Kultur des Opfers, Anpassung,
NEIN' Seite der dichotomischen Lebensstruktur, Melancholie,
Ohne Traurigkeit, das ist der Kern der Praxis von Vipaswana,
Fünf Sinne, fünf Elemente, aus dem Lebensstil gestrichen.

Es war schwer zu verstehen; da kam Montu Sinha,
Mein Mentor, renommierter Verhandlungsführer in allen Bereichen,
Plötzlich fragte er mich: "Gora, du bist ein Überflieger,
Praktizierst du 'Vipaswana'?", 'Was?' erwiderte ich.

Er lachte laut und hob beide Hände in die Höhe,
"Die ganze Welt steht unter dem Einfluss von 'Vipaswana',
Ich finde, dein Gesicht entspricht einer großen Null." Sagte er.

Ich wusste nicht, dass er auch ein Gesichtsleser war. Er fand

mich wertlos, zeigte er seine Güte,
Er erklärte Vipaswana auf einfache Weise: "Schau Gora, hör zu".

"Wenn du Vipaswana praktizierst, wirst du standhaft."
Ein weiteres fragwürdiges Wort, aber ich zog es vor, den Mund zu halten.
"Ich denke, jetzt bist du mir gefolgt". "Oh ja, es ist klar".
Das war die einzige Möglichkeit, die Niederlage einzugestehen und sich zu retten.

Aber Montukaku, der Gesichtsleser, hat mich beim Bluffen erwischt,
Schau, ich erkläre es dir zum letzten Mal, vereinfacht,
"Diejenigen, die Indriyas bezwingen, indem sie Adwaitvad akzeptieren,
Sind Experten in Vipaswana, werden schließlich, Unerschütterlich"

Vor einiger Zeit erhielt ich einen Brief von meinem Sohn in den USA.
Sie brauchen jemanden, der sich dort um ihre Kinder kümmert.
Fünf Tage in der Woche sind sie beschäftigt, zwei Tage machen sie die
Hausarbeiten. Bald werden wir sicher Experten in Vipaswana sein.

Jetzt verstand ich, wie Montukaku ein Experte wurde.

Primärfarben

Drei Grundfarben,
Gelb, Blau und Rot,
Sie sind sehr aufgeschlossen.
Sie sind sehr sozial und vertragen sich gut,
Miteinander und
schaffen ein Universum.

Sie sind aktiv, wenn
Im Pinsel, sie sind
Lebendig auf der Leinwand.
Reden, weinen und lächeln,
gleichzeitig.

Wenn, Schöpfer und die
Schöpfung verschmelzen,
ist der Prozess der Evolution
ist vollständig und erfolgreich.

Ein weiteres Gemälde wird geboren.

Om Prajapataye Namah

Warum sind wir alle so unzufrieden? Warum?
Weil wir viele Götter und Göttinnen haben,
Wir sind nicht zufrieden und wollen mehr.
Dann kamen viele Landtiere auf die Liste.
Nicht zufrieden, suchten Wassertiere Unterschlupf,
Dann kamen Vögel, große und kleine, hinzu.
Bäume mit vielen Gründen wurden ein Teil davon.
Sie nutzten den Vorteil, bestimmte, ganz gewöhnliche,
über Nacht in etwas Außergewöhnliches verwandelt.
Der letzte Neuzugang in dieser unendlichen Liste ist
Schmetterling oder Prajapati, wie wir es salopp nennen.

Wir sind Puppen par excellence, sicher im Kokon.
Nicht daran interessiert, die Wahrhaftigkeit zu erforschen.
Jemand stößt uns aus der geschlossenen Schale heraus,
und erteilt uns die Lektion von Abhimanyu,
Wir, der Schmetterling, sind dazu ausersehen, allen zu helfen,
Andere mit unseren Manövrierfähigkeiten zu unterhalten.
Fasziniert, müssen andere in den Bann gezogen werden,
Obwohl jede Geburt eine mühsame Übung ist,
Aber es ist die Mutter, die den Schmerz am meisten spürt.

Wir leiden am meisten, wenn wir uns selbst gebären.
Wir kommen mit der größten Hürde der Zeit.

Obwohl wir mit großen Flügeln kommen, um zu fliegen,
können wir nicht fliegen, weil sie nass sind und uns
1/5 unseres gesamten Lebens brauchen, um zu trocknen und
bereit zu sein.

Langsam werden die Flügel ausgebreitet, eingeprägt,
Millionen von Farbkombinationen, Designs,
Unsere Flügel werden zu Meisterwerken der Kunst.

In dem Moment, in dem wir ins Blaue hinausfliegen,
rufen uns alle Blumen und anderen Wesen
Um ihre immer weiter ausgebreiteten Arme zu umarmen.
Sie erwarten von uns, dass wir die Samen der
Evolution in unseren Armen tragen,
damit neues Leben entstehen kann.

Wir werden als die Boten der
Schöpfung. Vielleicht ist das der Grund, warum die meisten
Hochzeitseinladungskarten beginnen mit,
"Om Prajapataye Namaha", um eine Gunst von uns zu erbitten
Gunst von uns zu erbitten, denn "das Leben muss weitergehen".

Gandhi der Vater

Die funkelndsten Augen,
die ich je gemalt habe,
Und schon war er da,
Ich wurde fast ohnmächtig.

Gandhiji erschien,
Sagte leicht zu meinem Ohr,
"Ich habe noch nie so viel gelächelt,
Du hast sanft gemalt".

Ich erwiderte: "Gandhiji, Du
gabst mir Indien auf einem Teller,
Ich kenne den Kampf nicht,
Für mich ist es ein unbeschriebenes Blatt.

Also habe ich alle Farben aufgetragen,
Wie wir in Holi verbreiten,
Vom Himmel, du wirst sehen,
Indien wie ein Rangoli.

OOPS! Ich habe meine Mutter im Altersheim vergessen

Meine Mutter hat mir beigebracht, was ich weiß.
Sie kannte sich mit Physik aus, lehrte mich,
wie man mit Feuer in der Küche umgeht.
Ich kenne das Ramayana und das Mahabharata,
weil sie mir die Geschichten erzählt hat.

Wie jede Mutter war sie die ganze Nacht auf,
Und fächelte, damit ich schlafen konnte.
Kochte, nähte, machte mich fertig,
Mit Tiffin, Schultasche und Kleidung,
Ich ging zur Schule, sorglos.

Die Zeit kam, ihre Gesellschaft zu verlassen,
Ich ging auf ein College, um Ingenieurwesen zu lernen.
Meine Mathematik war stark, Mutter,
Lehrte mich damals, wie man zählt und,
Tabellen lernen. Lernte BODMAS von ihr.

Alle Alphabete sind ihr zu verdanken,
Sie kamen zu mir, weil, meine Mutter,
sie mir geschickt hat. Ich habe mein Ingenieurstudium bestanden,
mit Bravour. Meine Mutter hatte nichts dagegen,

dass ich ein Mädchen meiner Wahl heiratete,
Sie war die Initiatorin. All diese Dinge hat sie getan,
in Abwesenheit meines Vaters. Er war nicht da,
als wir ihn am meisten brauchten. Meine Mutter,
hat nie an den letzten LIC-Betrag gedacht, den sie
für mich ausgibt. Für sie war ich alles.

Meine Frau dachte, sie sei besitzergreifend. Sie..,
fing an, sich regelmäßig zu ärgern.
Unser einziger Sohn wurde Zeuge aller Differenzen.
Eines Tages beschlossen wir, eine andere Unterkunft zu nehmen.
Wir ließen meine Mutter allein und zogen woanders hin.
Wir waren glücklich. An manchen Tagen ging ich zu ihr.
Sie gab mir immer die gleichen Ratschläge, über meine
Gesundheit und Essen, auch über das Wohlergehen meiner
Familie.

Eines Tages meldete sich die Krankenschwester, die ich um ihre
Hilfe gebeten hatte,
berichtet, dass sie ihr nicht mehr zuhört.
Meine Freunde rieten mir, sie in ein Altersheim zu bringen,
Altersheim zu bringen. Das war in jeder Hinsicht gut.
Sie reagierte nicht sehr und gehorchte, wie ich sagte.
Sie war jetzt in einem Heim, wo junge Leute,
nicht viel kommen. Am nächsten Tag erhielt ich einen
Umschlag; er enthielt die Schenkungsurkunde für das Haus.
Es gehörte jetzt mir. Ich beeilte mich, mein eigenes Haus zu
sehen.
Wie immer rief ich meine Mutter an und wartete auf sie.

Größter Knastbrecher

Der größte Knastbrecher aller Zeiten,
im Alter von null Jahren,
hypnotisierte er alle Zellenwächter,
Er kam raus wie ein Held.

Mutter war farbenblind,
Farbe war ihre Liebe,
Sie wollte kein Wort gegen ihn hören,
Sie hielt ihn für sauber wie eine Taube.

Das wusste sie nicht,
dass er ein Gangster war,
Er hatte General Pendya auf seiner Seite,
Mit all seinen finsteren Plänen.

Er war ein Meisterkiller seiner Zeit,
Madame Putana war seine erste,
Er trank ihr Blut, dachte an Milch,
Um seinen wachsenden Durst zu stillen.

Er war nichts weiter als ein kleiner Ganove,
Er war ein Desperado und hart,
Er war ein Bandit, aber keineswegs ein Gauner,
Glücklich, lächelnd und lachend.

Ein Attentäter ersten Ranges, Kansha,
Bakasur, Shishupal, wurden erschlagen,
Narakasura kam an die Reihe,
Jedes Mal wurde auch er gequält.

Er wurde viele Male verprügelt,
von Yashoda, seiner Ziehmutter,
Er weiß, dass sie ihn mehr liebt,

mehr als Devaki, seine Mutter.
Gokul, Mathura, Sandipani nach Dwarka,
Zwei Königinnen kamen in sein Leben,
Aber Radha war ihm nah,
Sie war nie seine Frau.

Um Draupadis Würde zu schützen,
mischte er sich dazwischen,
Obwohl Kourav-Pandava für ihn dasselbe tat,
Zog er es vor, die Geige zu spielen.

Als er merkte, dass ein Krieg bevorstand,
Musste er sich für eine Seite entscheiden,
Er schaffte es, mit Pandavas zu sein,
ohne Kouravas Stolz zu schmälern.

Er hielt seine letzte Rede,
zwischen den sich bekriegenden Brüdern,
Er gab der Menschheit die berühmte Gita,
Für jeden von uns zum Nachdenken.

Ich sehe ihn immer noch Butter essen,
Auf meiner Leinwand, die ganze Zeit,
Ich setzte ihn zu seiner Pflegemutter,
In Rot und Blau und Kalk.

Hieroglyphen

Sphinx und Pyramide,
so alte Bauwerke,
Jahrhunderte lang haben sie überlebt,
Die Menschen waren sehr kalt.

Jemand kam zu wissen,
dass es genug zu plündern gibt,
Worte machten die Runde,
Die Suche nach der Wurzel begann.

Ein Alibaba erschien,
Er öffnete die alte Tür,
Vierzig Diebe waren da,
um den Kern abzureißen.

Mehr als ein Jahrhundert,
Menschen töteten Menschen,
Für Gold und kostbare Edelsteine,
Bei zehn gezählt.

Götter, Ra, Atum und Osiris,
konnten den Diebstahl nicht verhindern,
Tefnut versuchte es am besten mit Regen,
Die Schuldigen kamen und gingen.

Horus, der Gott, mit dem Falkenkopf,
Anubis, der schakalköpfige Gott,
rief Nephthys um Hilfe an,
'Stoppt die Plünderung, oh mein Herr'!

Shu, die Göttin des Windes,
mag ihr Bestes versucht haben,
Geb, die Göttin der Erde,

konnte nicht, ihre Brust retten.
Wir gingen ins Innere der Pyramide,
Nichts war für uns zu sehen,
Nur die dicken, fetten Wände waren unversehrt,
Doch den Führern wird erzählt, dass sie sich freuen.

Kammern über Kammern,
Stumm wurden sie für immer,
Das ist das Schöne an den Pyramiden,
Hoch erhobenen Hauptes, nichts zu beschämen.

Willst du alle Pyramiden
Pyramiden und die Sphinx sehen?
Das kann Monate und Jahre dauern,
Als wärst du in einem Scherz gefangen.

Ra war unruhig, sagte zu mir,
nicht die Linie auf der Bühne zu ziehen,
Alle Symbole wurden lebendig,
Sie kochten vor Wut.

Sie waren froh, im Dunkeln zu bleiben,
Und so anonym, wie es nur sein kann,
Sie wollten nicht, dass die Welt es erfährt,
Durch einen unbekannten Maler wie mich.

Die ganze Sage vom Pharos
Sind sicher im Inneren der Strukturen,
In Form von Hieroglyphen,
In hellen und kühnen Texturen.

Zählen wir nicht die Zahlen, von
Diebe, Schläger oder Gauner
Was übrig bleibt, sind unbezahlbare Schätze,
Am Ufer des Nils, des Baches.

Paradoxe Kleidung

Anspruchsvoll und reich,
wird den BMW anhalten,
Wenn eine Katze die Straße überquert.

Wenn die Katze schwarz ist, wird er
Steigt er aus dem Auto aus,
Mitten auf der Straße,
und wird durch ein Gebet geläutert.

Wird nicht in einer Villa bleiben,
mit den Nummern 12 oder 14.
Auch der Nachbar
Darf nicht in der 13. wohnen.

Wird der Witwe nicht erlauben
Mutter, die Hochzeit ihres
Enkelsohns Hochzeit teilzunehmen,
der ein Teil von ihr ist
Herz, seit seiner Geburt.

Zwischen 30 und 36
sollten die Gunas übereinstimmen,
Auch wenn der Bräutigam ein
geschiedene Frau aus der Mittelschicht ist,

Äußerst schwierig zu bekommen
Heiraten, wenn einer von ihnen,
vom roten Planeten Mangal gesegnet ist.
Planet namens Mangal gesegnet ist.

Auf der einen Seite, haben wir,
Unreine Weiblichkeit,

Durch die Monate,
Jahre und Jahrzehnte,
Nicht erlaubt in Tempeln,
Und sie sind niemand in der
Gesellschaft.

Und auf der anderen Seite,
Mädchen, kümmern sich nicht um die
Institution der Ehe,
ohne Scham und
Bescheidenheit, die sie haben.

Mit neuem 3-teiligen Anzug,
ähnlich dem gut gekleideten
Reirei, der schlaue Schakal
Im Disneyland,
Immer bereit zu schaden, Mädchen,
bei der geringsten Gelegenheit.

Und derselbe Kerl,
wird eine Mitgift verlangen, die
Betrag schwer zu zahlen.

Auch die Briten hielten den Mund.
Erinnern Sie sich an den Kotwal,
Mr. Ghashiram, der,
als Verantwortlicher das Leben
Das Leben der Mädchen zur Hölle machte,
in allen Dörfern, die ihm unterstellt waren?
Das war furchtbar.
Er erhielt nur eine milde
Warnung von der damaligen,
Firma Raj.

Ehrenmord ist Mode.
Absolute Gleichgültigkeit gegenüber den
Auswirkung des Verlustes,
der leidenden Familien,
Sie sind einfach zügellos.

Kinderehe ist nicht
eine Sache der Vergangenheit.
In vielen Staaten ist der
Hauptgast ist Havaldar
bei der Gouna von Sarpanchs sechsjähriger
jährigen Tochter Gouna.

Meine Damen, tragen Sie einen Chiffon
Durchsichtigen Sari ihrer
Ihrer Wahl und lassen Sie alle
Kurven deutlich sichtbar sein,
aber achten Sie darauf, sie zu verbergen,
Ihr Gesicht, in Ghunghat.

Verwenden Sie alle Slangs der
Welt, bringt ohne Zögern,
all die Mütter, Schwestern und
Betis in ihren Wirkungskreis,
Es wird ihnen nichts ausmachen, da sie
Denn sie wissen jetzt, dass sie
Die Materialien sind, die benutzt werden.

Das lukrativste Geschäft
ist heute, Schutz zu bieten.
Niemand sollte dieses Angebot ablehnen,
sonst ist niemand mehr
da sein, um ihn am nächsten Tag zu schützen.
Besser Schutzgeld zahlen,
freuen Sie sich, mehr Bitcoins zu verdienen.

Urmila, Ba und Bhabiji

Urmila, Nachname nicht bekannt,
Ehefrau von Laxman, blieb zu
Zuhause, wartete sehr lange,
auf die Rückkehr ihres geliebten Mannes
Rückkehr, von seiner Pflicht so schwer,
Um den König von Ayodhya zu bewachen.

Ba oder Sie können Kasturba anrufen
Mohandas Karamchand Gandhi,
wartete zu Hause sehr lange, für,
Mahatma, um unser Mutterland zu befreien.

Bhabiji, oder Bhagwati Charan Vohra,
Ehefrau von Bhagat Singh, wartete zu
Zuhause, als er sein Leben opferte
sein Leben opferte, um uns die Freiheit zu schenken.

Damals gab es noch keine Medien.

Tauben in der Metro City

Ghu-turr-gu, ghu-turr-gu,
Nicht eine Sekunde des Friedens,
Morgens, bis abends, keine
Gelegenheit, angeblich zu verpassen.

Seit undenklichen Zeiten,
Regel, sind gleich zu belästigen,
Männliche Tauben müssen nachlaufen,
Die Weibchen gehen zur Terrasse.

Wurde vom Lande zum Stadtbürger,
Der Rhythmus ist derselbe,
Mädchen suchen Verstecke,
denn die Jungen wollen sie zähmen.

Dann zogen wir in die Metro City,
Die Regeln des Spiels sind anders,
Mädchen sind hier weiter fortgeschritten,
Jungen sollen leiden.

Tauben fanden etwas Neues,
Jungen und Mädchen in der Metro City,
leben zusammen, ohne sich zu binden,
Sie kommen hierher, um ihr Kästchen zu füllen.

Die Tauben dachten, es hat keinen Sinn.
lange in der Stadt zu bleiben,
Besser, zurück in ländliche Verstecke,
Wir haben ihren melodiösen Gesang verloren.

Tauben, Vögel und Spatzen,
Gehörten der Vergangenheit an,
Vielleicht denken auch Krähen nach,
Wie lange sie noch leben werden?

Radha Krishna

Ich liebe Krishna am meisten,
von so vielen Göttern,
Satyabhama-Rukmini
Fand Radha nicht seltsam.

Königinnen, lebten in Palästen,
die damit beschäftigt waren, ihre Rechnung zu begleichen,
Krishna befriedigte sie beide,
Radhas Zeit war mehr.

Den ganzen Tag mit den Kühen beschäftigt,
Spielte Flöte so amüsant,
Alle Kühe, Vögel und andere,
Sie kommt, ohne zu fehlen.

Ich bin neugierig, was die beiden
Königinnen über Radha nachdenken,
ob sie eifersüchtig waren,
oder ob sie viel Shraddha hatten.

Die Leute fragen mich immer wieder,
Warum ich Radha so kühn male?
Ich lächle und sage lieber nichts,
Ihr Bild wird nie verkauft werden.

Wenn ich Radha in mir finde,
ist das Gefühl so erhaben,
spüre ich Krishna um mich herum,
Er ist grenzenlos jenseits der Zeit.

Bitte stirb nicht Rashida

AD 1971,
Schwarzes Jahr für Bangladesch,
Gräueltaten und Totschlag,
Allgegenwärtig, bis,
Hilfe von der anderen Seite kam,
Um die beschämten Gesichter der
Unschuldiges Mädchen, verprügelt von,
Soldaten nun besiegt.

Rashida, 16, im siebten Monat
schwanger, ohne Essen, ohne Zuhause,
Und kein Gesicht zu zeigen.
Die Leute sagen, sie selbst sei verantwortlich,
Für dieses Chaos, das so unerträglich ist.
Warum zum Teufel ist sie umwerfend
schön? Warum öffnete sie die
Tür, als es klopfte?
Warum ist sie nicht geflohen, als die
Bestien ihren einzigen Sari zerrissen, den sie hatte?
Etcetera, Etcetera.

Die Leute wissen nicht, dass
Rashida alle Versuche unternahm,
um sich zu retten. Aber sie waren es,

sieben an der Zahl, mit Pistolen in der Hand.
Sie ließen sie in einer Blutlache liegen,
um zu verbluten und zu sterben. Von irgendwoher,
hörte sie ein Laster,
"Bitte stirb nicht, Rashida",
Bitte, stirb nicht."

Und sie schaffte es zu leben,

Wie schwer es auch sein mag, T
das Leben muss weitergehen.
Es gab viele von ihnen,
Manche gequält, manche am Boden zerstört,
einige zerstückelt und einige tot.

Bangladesch ist jetzt unabhängig,
islamisches Land, voller Hoffnungen.
Nach vielen Putschen und Blutvergießen,
Stabilität geschenkt vom Allmächtigen!
Arm, sehr arm und sehr, sehr arm,
Die Zahl der Armen hat exponentiell zugenommen.

Als er die Not der Frauen seines Landes sah,
und sah die gleichgültige Haltung der O
fiziellen auf allen Ebenen der Verwaltung,
hörte Dr. Mohammad Unus auf, Tränen zu vergießen.
Er selbst beschloss, etwas zu tun.
Etwas? Etwas was?
Er versammelte zehn Frauen um sich und entwarf das inzwischen berühmte,
Konzept der Mikrofinanzierung. Es war
vorhersehbar, die Leute lachten und machten sich lustig,
seine Ideen, Konzepte und Träume.

Er hat nicht aufgegeben. Er half mit kleinen Summen,
florierte seine Mikrofinanzierung. Zehn, hundert,
Tausend, Zehntausend und Millionen,
folgten dem Weg des Doktors.
Ein kleines, winziges, vernachlässigbares Konzept,
um armen Menschen zu helfen, wurde schließlich,
wurde schließlich zur dynamischsten, größten und
und erfolgreichste Gamin Bank der Welt.
Ausgezeichnet mit dem Nobelpreis, dieser bescheidene,
sanftmütige, gutherzige Sozialarbeiter,
Retter vieler Rashidas in Bangladesch,
ist eine Inspiration für viele Menschen rund um den Globus.

Danke Gott!

Mein Leben ist sowohl
schön.und charmant.

Ich kann weder
Grausamkeit sehen,
noch höre ich Dreck.

Ich habe genug gesehen und
genug gesehen und gehört,
Als ich drei war.

Es war ekelhaft,
Voller Unglück
Und Frustrationen.

Es gab keine
Pocken
Impfung,

Es betraf sowohl meine
Ohren und Augen.
Aber ich bin glücklich.

3 Lilien am Nordhimmel

Neulich sah ich, 3
Lilien am nördlichen Himmel,
Bezaubernd, Rötlich in
Farbe, errötet, wie eine,
frisch vermählte Braut im Schleier.

Fesselnd, ausgebreitet von
Bezauberndes Grün, mit,
Weiß, hier und dort,
Ich spürte den Schleier,
des herrlichen Horizonts.

Ich fragte die Lilien, warum
Sie oben im Himmel sind?
Alle Lilien sagten: "Wir
Hassen Hass, Bigotterie, n
Vorurteile dort unten".

Sozialismus

Sozialismus ist definiert als,
Alles von jedem zu verschlingen,
Sorgfältig das Allmächtige bewahren,
Helle Gesichtsbemalung.
Systematische Eliminierung von verdienten Kollegen,
Ihr Profil wird von den eigenen Leuten weitergegeben,
Muss die allgemeine Akzeptanz des guten Samariters haben.
Ihre blutbefleckten Hände,
Müssen dem Holi-Fest ähneln, dem Fest der Farben,
Passt auf, dass eure schwarze Münze nicht zu hören ist,
Sonst wirst du, aus Versehen,
Das Volk aus seinem tiefen Schlummer zu wecken.
Denn, wenn du versagst, wird es verheerend sein,
Nicht nur für dich, sondern auch für deinen Mentor.

Irgendwann auf deiner Reise,
wirst du entweder farbenblind oder mit verbundenen Augen sein,
denn es wird überall schwarz sein,
ohne ein Fünkchen Licht der Wahrhaftigkeit.
Deinem untergetauchten Wesen ist es jetzt nicht erlaubt,
Aufzutauchen, zu verhandeln, zu lieben und zu vereinen.
Und eines Tages wirst du sicher umgewandelt werden,
ein Sündenbock oder schwarzes Schaf oder ein anderes geeignetes Tier,
Selbst eine Fliege in einer Tasse mit heißem Tee ist unerwünscht,

Anerkennung par unmöglich für einen geschwärzten Geist,
Paläste, Limousinen, gelbe Metalle und funkelnde Steine,
Alle werden sich weigern, dich zu retten,
Du bist nun dem Untergang geweiht.

Vergiss nicht, du selbst wolltest es sein,
Prinz von Persien, wolltest die Prinzessin,

Als dein wertvollster Besitz, wolltest einen eigenen Thron,
Doch dafür musstest du viele überwinden, viele Hindernisse überwinden,
viele Leben erhalten und schließlich die zentrale Halle erreichen,
Nur um festzustellen, dass die Prinzessin nicht dort war,
Stattdessen gab es zahlreiche hässliche Männer mit bunten Gesichtern,
die dich sarkastisch auslachen,
Und du bist für immer im Palast des Überflusses gefangen.
Du bist nun zum Verräter in deinem eigenen Land erklärt worden,
Bis du einen anderen klugen Narren findest,
Der betend in deine Falle tappt, sehr klug.

So wie du an einem anderen Tag gefangen warst.

Mein Freund Ganesha

Scharfe Augen, unsichtbarer Mund,
Schwerer Bauch mit Mammut-Ohr,
biegsamer Rüssel und Elfenbeinzähne,
Du bist mein Freund, du brauchst keine Angst zu haben.

Wir nennen dich zuerst, bei vielen Namen,
Mit Herz, Verstand und Seele,
Wir machen deine Lieblingssüßigkeiten,
Luddu, Modak und Kaju Roll.

Du bist der einzige Gott,
Wir behandeln dich als unseren Freund. Hoffnung, die nächste Generation,
wird diesen Trend nicht brechen.

Mein Enkel mag dich sehr,
Er findet dich in meinem Fernseher,
Er sagt: "Dadu, er ist so süß."
Ich weine, lächle und beneide ihn.

Aurobindo Ghosh

Glasmalereikabine

Die Hälfte dieser Welt, live
in einem Iglu im Tiffany-Stil, die
andere Hälfte in den Rubeln des Krieges oder der
menschengemachten Armut.
Geschmückt mit Gedanken,
der überholten, viktorianischen Ära,
"Ich bin der Mächtigste".

Auf der anderen Seite, muss
Folgen Sie der Diktion von,
'Nachbarn sind wunderbar,
Nachbarschaftspolizei,
muss man respektieren und
bewundert werden, auch wenn sie es sind,
Akzeptierte falsche Bezeichnung von Taten'.

Aber, wir müssen uns anstrengen,
Egal wie. Die Wiederherstellung des
Frieden, Herculaneum ist es.
Schwierig, sehr schwierig,
Ich weiß. Vielleicht ist es so hart wie Quarz,
Es muss ein Rahmen geschaffen werden,
Um das farbenprächtige,
Transluzentes mittelalterliches Glas

Wände, in ein durchsichtiges zu verwandeln.
Wenn, Kämpfe basieren auf,
Wissenschaftlichen Maschinerien, wird es
Wird es zu einem Druckknopf
Wettbewerb des Denkens.

Ligny oder Pompeji, Geschichte,
ist die gleiche. Die Verluste sind

immer massiv in der Natur.

Zählt man die Zahl der,
Weltkriege, sollte die
Die geschlossenen Augen, der,
Entscheidungsträger, sitzen,
Bequem im Iglu sitzen.
Menschen, die immer bereit sind,.
Gewürze in die Verhandlung zu stecken,
Sollten verworfen werden, sie,
Können nicht ruhig sitzen, sie sind beschäftigt,
Gespräche zu beeinflussen, indem sie
Geld oder Arbeitskraft oder beides.

Sie gefährden jedes Friedensgespräch,
wo auch immer auf der Welt, ist ihr
ist ihr amüsantester Zeitvertreib.
Oh Allmächtiger, es ist Zeit, dass du
auf diese schöne Erde herabzusteigen,
als eine Inkarnation. Aber sei vorsichtig,
vor uns, wir werden nicht zögern, deine
Politisieren deine Absichten, so gut.

Wir werden euch nicht erlauben, die Armut
Armut zu verringern, oder die Moral zu erhöhen,
In beiden Fällen werden wir schwach sein.
Bitte weckt diejenigen, die im tiefen
Schlummern, als ob sie betäubt wären.
Bitte verliere keine Zeit für sie,
Im Inneren der Buntglaskabine.

Der Abend des Lebens

Am Abend wurde ich frei.
Ich dachte, ich kann die Freizeit genießen,
mit all meinen Altersgenossen und Freunden,
Frau und Kind, mit Vergnügen.

Ich fing an, ein Leben ohne Eile zu führen,
Meine Frau war glücklich und entspannt,
Kein 'Kat-kat', kein 'Bak-bak',
Endlich frei von dem so anstrengenden Leben.

Die Monate vergingen in friedlicher Glückseligkeit,
Ein Wind kam, um die Ruhe zu stören,
"Warum sitzt du immer im Haus?
Es ist so unbezahlbar, die Heiligkeit zu verlieren'?

Sechzig Jahre hatte ich, einen offiziellen Namen,
Jetzt habe ich noch einen, er lautet 'nutzlos',
Das pochendste Wort, in meinem Leben; es
brach mich in Stücke und war 'sprachlos'.

Ich beschloss, die tägliche Kette von
Nur, essen und schlafen wie ein Narr,
Ich nahm einen Stift und einen Pinsel, um zu malen,
Ich fing neu an und wurde so cool.

Jetzt, wo ich mit all meinen Träumen beschäftigt bin,
Sie hatten mich alle für einen Gefühllosen gehalten,
Sie sahen einen Schöpfer, der Neues erschafft,
Auch das können sie nicht ertragen, sie sind so neidisch,

Die Reise ins Ungewisse

Wusste nicht, wann die Reise begann,
Wusste nicht, warum die Reise begann,
Wusste nicht, wer die Reise begann,
wusste nicht, für wen, die Reise begann.

Wusste nichts, über das Ziel,
wusste nichts, über die Person des Gegenübers,
Wusste nichts, über die zeitliche Begrenzung,
wußte nichts, über die mögliche Abgrenzung.

Wusste wenig, über die Gesetze, die zu befolgen sind,
Wusste wenig, über die Mängel, die eingegrenzt werden müssen,
Wusste wenig, über die Krallen, die ausgehöhlt werden müssen,
Wusste wenig, über die Schläge, die zu schlucken sind.

Wusste sicher, dass, die Zeit der Begleiter sein wird,
Wusste sicher, dass, dass jemand der Champion sein wird,
Wusste sicher, dass, alle versuchen werden, ihre Meinung zu pumpen,
Wusste sicher, dass, man vor dem Chamäleon auf der Hut sein muss.

Ich wusste nur, dass ich meine Rolle perfekt spielen muss,
Wusste nur, dass, ich die Bühne pünktlich verlassen muss,
Ich wusste nur, dass ich mich den Misserfolgen tapfer stellen musste,
Wusste nur, dass ich ständig Auszeichnungen sammeln muss.

Wusste sehr wohl, dass die Zeit meiner Reise begrenzt ist,
Wusste genau, dass die Gnade der Zeit nicht erlaubt ist,
Wusste ganz genau, dass viele Werke begangen werden,
Wusste ganz genau, dass meine Tat angekommen ist, um vollendet zu werden.

Dann, warum nicht, mach deinen Eintritt überraschend?
Dann, warum nicht, führe deinen Auftritt hypnotisierend vor?
Dann, warum nicht, mach deinen Abgang lächelnd?
Dann, warum nicht, halten Sie Ihre Landsleute klatschen?

Norma Jeane Mortenson

Norma Jeane Mortenson.
Es tut mir leid, ich habe ein Chaos angerichtet.
Ich hätte sie vorstellen sollen,
und zwar unter einem anderen Namen.

Es gab keinen "Ich auch"-Krieg,
Wurde missbraucht, schwarz und blau,
Sie weinte sich mit sechs Jahren das Herz aus,
Unfähig, irgendeinen Anhaltspunkt zu liefern.

Pflegefamilie und Waisenhaus,
Dort sollte sie aufwachsen,
Im Alter von zehn plus sechs, sechzehn,
wurde sie Marilyn Monroe.

20th. Century Fox, gab den ersten
Vertrag ihres Lebens, 25 Dollar pro Woche,
Später 25 Millionen, weniger für sie,
Jetzt war sie nicht mehr so schwach.

Von der Baseballspielerin zur Präsidentin,
Jeder wollte sie als Paar,
Erste Kleiderschrank-Fehlfunktion,
Der Rock ging hoch in die Luft.

Unzählige Männer und Frauen,
wurden Fan von ihrem Glamour,
Hollywood, jetzt ihr Zuhause.
Sie lebte hochmütig und tapfer.

Konnte ihre Kinder nicht vergessen,
Ihr Mann nahm sie ihr weg,
Ungeachtet mancher Stürme,

nicht zerbrach und nicht schwankte.
Unerträglicher Kummer in ihr,
stieg auf sie, Tag für Tag,
Unfähig, den Schlag zu ertragen, der ihr zugefügt wurde,
Auf sich selbst, sie war fort.

Orchester Ensemble

Wir lieben Orchester,
aber nicht, um dabei zu sein,
Wir tanzen nur gern, bis
Das Ende vom Anfang an.

Je mehr Dirigenten, desto besser,
Wir werden ihnen allen folgen,
Sollen sie plündern, brandschatzen und rauben,
Wir werden nie handeln, um sie hinzuhalten.

Wir sind erfahrene Zuschauer,
Wir haben unsere Lippen verschlossen,
Sollen sie plündern und plündern,
Wir haben keine Schere zum Schneiden.

Nicht im Geringsten gestört, denn
Die nächste Generation,
Das habe ich gezeigt,
In meiner Malerei und meinem Text.

Waris

Werde ausgebildet, mein Sohn,
Denn du bist mein Waris,
Ich träume immer davon,
Eines Tages wirst du
mein würdiger Nachfolger sein wirst.

Konzentriere dich auf deine
planmäßige Routine,
Verbessere und ertrage
deine Muskelkraft.
Sie wird dir später helfen,

Du brauchst dich nicht zu bemühen;
Ich bin Wrangler und
Tripos auf meinem Gebiet,
In Indien, nur durch Chutky,
(indem ich mit den Fingern schnippe)
Meine Arbeit ist getan.

Der Kundali-Macher

Indien ist ein großer, großer Markt,
für alle Kundali-Hersteller.
Ich werde Ihnen die Geschichte erzählen,
Es mangelt nicht an Abnehmern.

Mr. Mukherjee, der Meister der Zukunft,
kam plötzlich in mein Haus.
Meine Mutter hatte ihn geschickt, um mit mir zu sprechen,
und wenn ich einverstanden bin, mein Kundali zu machen.

Der Wunsch meiner Mutter ist mir Befehl.
Pandit Mukherjee, nach dem Laden,
Puri, Fischbraten, und rossogollas,
setzte er sich zu mir und begann zu fragen.

Wir verdienen beide und sind sesshaft,
Kein solches Geldproblem,
Mit lieben Kindern, sind glücklich.
Er zeichnete, sein Stift n, Laxmiemblame.

Begann seine Beobachtungen mit einer traurigen Note,
Drei 'Doshas', müssen beachtet werden,
Auf die Frage, wie, gab er eine vorbereitete Liste.
Fertige Liste! Wann hatte er Zeit, sie vorzubereiten?

Er fragte nie nach der Anzahl der Kinder,
Er erklärte: "Alle meine Kinder sind klug,
Und wir werden nie in finanzielle Schwierigkeiten geraten,
Ich zahle ein paar Tausend, um die Dinge in Ordnung zu bringen.

Er war glücklich, meine Mutter war glücklich,
Sie wusste genau, ich bin ein Ungläubiger,
Erlaubte einem Aussenseiter, unser Kundali zu machen
Kundali zu machen. Ich bin kein Narr,

Aurobindo Ghosh

Ich bin ein kalkulierter Macher.
Ich berief ein Treffen ein, zu Hause, mit allen fünf,
und sagte: "Seht her, meine Mutter kann nichts falsch machen."
Alle hörten mir aufmerksam zu.
"Kundalies sind Gottes Texte und Lieder".

"Sie dürfen nicht falsch gemacht werden,
Man muss hart arbeiten, um sie richtig zu sehen.
Keine einzige Minute zu verschwenden,
um zu beweisen, Mr. Mukherjee perfekt".

Alle hatten Recht, Mutter, Pandit und ich,
Die Kinder waren so klug wie vorhergesagt,
Wir hatten nie ein finanzielles Problem,
Das Kundali war richtig gemacht.

Mr. Mukherjee hatte drei Kinder,
Vinod, Subhra und Sharmili,
Keiner verdiente gut,
Panditjee hat nie ihr Kundali gemacht.

Vielleicht werden Kundalies auf gemacht,
vorgefertigte Liste und Leiden,
Pandit konnte sein eigenes nicht machen,
weil es keine Opfergaben gab.

Zweitbestes Wort mit drei Buchstaben

Das beste Wort mit drei Buchstaben für uns ist "Mama",
Sie hat schlaflose Nächte, um uns bei Laune zu halten,
Eine Köchin, eine Wäscherin, eine Krankenschwester, zuweilen,
Eröffnet einen Haarschneidesalon im Haus.

Nach einigen Jahren nennen wir uns,
Naruto Shippuden, Ninja, das Nonplusultra,
Wir wissen alles, von diesem Planeten, und,
Mamas Wissen ist veraltet.

Dann verlassen wir sie, auf der Suche nach unserem Stern,
Auf unserem Weg finden wir einen Begleiter für uns,
Wir beginnen unser Leben, mit dicken, fetten Paketen,
Keine Zeit für dich, Mama, darfst den Bus nicht verpassen.

Anstatt "Mama" zu sein, lieber "Mutti" sein,
Ungeachtet unserer Gleichgültigkeit,
Sie betet zu Gott für unser Wohlergehen,
Wir können das Ausmaß ihres Leidens nicht ermessen.

Mama, wir haben unsere Erinnerungsseite formatiert,
Bitte mach dir keine Sorgen um unseren Zeitplan,
Du existierst nicht mehr, in unserem herzlosen Gehirn,
Lasst mich einen weiteren sentimentalen Baustein auslöschen.

Das zweitbeste Wort mit drei Buchstaben ist "Papa",
Ein Selbstherrscher, ein impulsiver, ein ungestümer Mann,
Er war nie mein Vater, er war zuerst mein Chef,
Was auch immer ich werden wollte, er machte meinen Plan zunichte.

Ich habe mich nie dafür interessiert, warum das Wort am besten war,
Papa, bedeutete für mich, Asrani der Kerkermeister in Sholey,
Immer: "Tu, was ich tue, und befolge, was ich sage",
Wir, die unwürdigen Söhne, folgten ohne Zögern.

Er war so unbarmherzig; er war ein königlicher bengalischer Tiger,
So manches Mal wollten wir sein Auto zertrümmern,
Doch er fraß uns nicht, und wir zertrümmerten keines,
Er war so beschützend; niemand gab uns eine Narbe.

Das, was ich jetzt weiß, er hat immer an uns gedacht,
Er wollte uns wachsen sehen, viel größer als er,
Er konnte nie seine Gefühle zeigen, so wie er Vater war,
Nicht so verbal wie meine Mama, konnte die Naht nicht nähen.

Auch ich wollte ihn aus meinen Erinnerungen streichen,
wie ich es für meine Mutter tat, damit sie mich nicht mehr stört,
Aber die Zellen des Hippocampus ließen sich nicht auslöschen,
Fest verschlüsselt in der Hirnrinde, waren die Versuche vergebens.

Ich fand meine beiden Eltern wieder, in meinem inneren Selbst,
Ich ertappte mich dabei, wie ich eine Sünde beging, die mir für immer widerstrebte,
Jetzt leben sie in meinem ganzen Wesen, ohne eine Störung im Inneren,
Die Leute mögen denken, ich sei ein Narr, doch ich weiß, ich bin klug.

Ich muss heute allen gestehen: "Ich liebe euch, Mama und Papa",

Ich werde die Sahara des Lebens durchqueren; ich brauche eure Führung sehr,
Jedes Mal, wenn ich von meinem Weg abkomme, brauche ich deinen Finger, Papa,
Sei rund um die Uhr bei mir, Mama, lass mich nicht zu kurz kommen.

Mama und Papa, ihr habt euren Wert gelernt, als ich Papa wurde,
Wenn ihr beide da seid, bin ich reich, sonst bin ich arm,
Ich verspreche, meinen Sohn so zu erziehen, wie ihr es früher mit mir getan habt,
Wenn ich jemals wieder schwanke, zeig mir die äußerste Tür,

Aurobindo Ghosh

Der wahre Trainer

Mahabharata,
Das mythologische Epos,
Abgesehen von Lord,
Haben drei Hauptfiguren.
Vyasdeva, der Schöpfer des
Epos, Mahabharata;
Sukadava, Sohn von Vyasdeva,
Schatzhaus des Wissens,
Zähmte alle Ripus und Laster,
Er war der herausragendste
Trainer dieses Universums;
Und schließlich König Parikshit,
Abkömmling von Kuruvansha,
Verflucht, zu Tode gebissen zu werden,
von dem großen "Takshaka".

Die Sieben-Tage-Erzählung,
Bekannt als Bhagwat-Saptah,
Handelt von Parikshit, der die
Predigt von Sukadeva,
Wie man die Angst vor dem Tod zähmt.
Jede große Erzählsession,
die sich mit Geschehnissen der
Satya Narayana Ära, muss beginnen mit,
"Suka Uvacha:"

Aber bevor man diese Aufgabe delegiert,
die Menschen zu trainieren, die "Angst zu zähmen",
Vyasdeva, dachte, dass sein Sohn,
zu einem professionellen Trainer gehen muss.
Er sollte niemals selbstgefällig sein.

Vyasdeva bat alle

Götter und Halbgötter, sich
Einstimmig, einen Namen vorzuschlagen
Namen vorzuschlagen, unter dem Parikshit,
ausgebildet werden sollte. Alle waren
in ernste Diskussionen verwickelt
Und berieten sich lange Zeit.
Schließlich wurde der gewünschte Name
in den Köpfen aller, und der war von,
König Janak, der Hüter der Laxmi,
In einer anderen Inkarnation, Sita.

Entschieden, Parilkshit wurde nur gegeben
Drei Tage Zeit, um die Ausbildung abzuschließen
Ausbildung zu beenden und nach Hause zurückzukehren.
Durch transzendentale und
Yogische Kraft, Janak, wusste, dass
ein Schüler ankommt, der verehrt
verehrt werden muss. Aber er kann es nicht tun.
Parikshit kam, verbeugte sich vor ihm,
und fragte, ohne Zeit zu verlieren,
"Ich bin der Sohn von Vyasdeva, er
Er schickte mich zu dir für "Gyana";
Ich soll das verbreiten,
anschließend unter den Sterblichen verbreiten".

Janak, klatschte. Er rief den Premierminister,
"Ich muss diesen Jungen ausbilden. Ich muss wissen
Ich muss wissen, wie es um sein geistiges Wesen bestellt ist.
Zeigt ihm die Details meines Palastes,
Führt ihn in meine große Küche, und
den Stall mit den Pferden verschiedener Rassen,
Auch die Fabrik zur Herstellung meines "Ratha",
Vergiss nicht, ihm die Gärten des Königs zu zeigen,
Mit zahlreichen Blumen und Pflanzen.
Erkläre alles im Detail, damit,
er sich richtig erinnern kann, wenn er gefragt wird.

Es dauerte fast zwei Tage, bis die Aufgaben erledigt waren.
Am dritten Tag saß König Janak auf seinem Thron,
Parikshit war nervös, es war sein letzter Tag.
Wenn er zurückgeht, ohne ausgebildet worden zu sein,
könnten alle das Vertrauen in ihn verlieren, auch der Vater.
Janak brach sein Schweigen und fragte: "Bist du
Bist du bereit, deine Tour detailliert zu beschreiben?
von deiner Tour zu geben? "Er bejahte die Frage.
Doch Janak fuhr fort: "Ich habe einige kleinere
Änderungen im Garten, im Stall und in der Fabrik vorgenommen.
Geh wieder, nimm dir keine Zeit, komm zurück und
berichte über die Änderungen. Wenn du richtig liegst,
Sag es ihnen, ich werde sie ausbilden, sonst nicht".

Bevor Parikshit wieder aufbrach, wurde er,
wurde er gebeten, zu warten. Eine Helferin
stand eine Schüssel mit Milch bereit, mit extra
Milch. Sie gab ihm die Schüssel.

Sie goss mehr Milch ein, die gerade am
kurz vor dem Überlaufen. Sie ging weg.

Der König sagte: "Nun mach dich auf den Weg,
aber sei vorsichtig, das Verspritzen eines einzigen
Tropfen ist nicht erlaubt. "Deine Zeit beginnt jetzt".
Parikshit begann seine Reise vorsichtig.
Er ging in den Garten, in den Stall und in die Fabrik.
Kam erfolgreich zurück, ohne,
einen Tropfen Milch zu verschütten, war er glücklich.
Doch auf Nachfragen konnte er den
Unterschied. Er hat sie gar nicht gesehen.
Er war in die Schale mit Milch vertieft.
Eigentlich befand er sich in der Schale mit Milch.
Er wusste augenblicklich, dass die Ausbildung vollständig war,
vollständig war. Janak lächelte.
Er gab seinen Segen und Parikshit ging.

Ich lernte die Methodik und das Konzept von
"Sei innerlich, wenn du lernen willst" von meiner
Mutter, die die vierte Klasse bestanden hat, in jungen Jahren.
Ich frage mich immer noch: "War meine Mutter, Janak,
Während ihrer letzten Geburt?"

Aurobindo Ghosh

Der schlafende Vulkan

Der Mount Agung war inaktiv.
Als Reisende fuhren wir dorthin,
Der Fahrer sagte zu uns beiden,
Bleiben Sie weit weg, gehen Sie nicht zu nah.
Der Besuch auf Bali machte uns glücklich,
Nach dem Besuch der Reisterrasse,
Weit weg von, Mount Agung,
Und, zahlten nicht den Preis.

Mit donnerndem Geräusch,
Agung öffnete seinen Mund,
Feuer, Lava und viel Asche,
Der Wind kam aus dem Süden.
Straßen wurden blockiert und
Die Fahrzeuge hupten,
Wir saßen fest, gestrandet,
unter einem Baum wie ein Mönch.

Wir sahen die Wut des Gottes
Gottes, in Form von Feuer,
Tonnen von Asche füllten den Himmel,
Und, geschmolzene Lava mit Zorn.
Im Nu färbte sich der Berg rot,
Alle wurden von Parkinson festgehalten,

und vergaßen, sich von der Stelle zu bewegen,
Mit ihrem neuen Davidson.

Der Fahrer fand uns im Busch,
Für uns war er ein Rätsel,
Er rettete so viele von uns,
Und sein Land vor dem Schandfleck.

Der Löwe im Dschungel

Es war einmal ein Löwe,
der hatte fünf Frauen,
und hatte zehn Kinder,
in ihren brutalen Bienenstöcken.

Fünf waren genug, um
um einen Fang pro Tag zu machen,
Sie hatten den Löwenanteil,
Keiner hatte etwas zu sagen.

Die Jahre vergingen,
ohne Angst und ohne Gefühl
Die Jungen waren jetzt groß genug,
Nicht bereit, die Beute zu teilen.

Eines Tages trennten sie sich,
Die Mütter verabschiedeten sich, ein anderer Löwe erschien,
um den alten zu verdrängen.

Der alte Löwe war allein,
Niemand kümmerte sich um ihn. Durch Zufall bekam er eine Chance,
dem Zirkusteam beizutreten.

Er war sehr glücklich,
Die Trainer brachten,
Genügend Fleisch,
Er war der Star in der Manege.

Eines Tages kam ein Zettel,
Tiere können nicht eingesetzt werden,
Der Löwe wurde in den Dschungel geschickt,
Niemand war amüsiert.

Der Löwe, war so alt,
dass er keine Maus mehr fangen konnte,
Auf der Suche nach einem Unterschlupf,
Jetzt sucht er nach einem Haus.

Er war hungrig und schwer verletzt,
Kam, auf der Suche nach seinem Dompteur,
Die Stadt, rief laut,
"Löwe, Löwe, töte die Jägerin".

Rannte hierhin, rannte dorthin,
Erlitt viele Schmerzen,
Unfähig, den Ansturm zu ertragen,
Er wurde in der Gasse gefangen.

Es war einmal ein Löwe im Dschungel,
der brüllte wie ein König,
Jetzt ist er gefesselt wie ein totes Schwein,
In einer Schlinge baumelnd.

Er war glücklich, im Zirkus,
Mit seinem Dompteur in der Manege,
Da kam ein Tierliebhaber herein,
und fing an zu singen, als er ihn tötete.

Theatralische Dramatik

Dramen haben immer ein Drehbuch.
Praktisch wahr auf der Bühne und
Theatersälen mit Publikum.
Tränen sind echt, sowohl auf der Bühne,
bei den Darstellern und beim Publikum
Publikum, das die Virtualität genießt.

Es gibt für niemanden einen Grund,
zu schreien, zu kreischen, zu weinen und
Für die dargebotene Handlung zu tadeln.
Es gibt keinen Zwang, für die
Schauspieler zu werden, echte Kumpel,
Oder Feinde; sie sollten auftreten,
und rechtzeitig gehen, bevor es zu spät ist.

Als Kalpa die Show betrat,
mit Hudy, sollte kein Publikum,
Erwarten oder wünschen, dass sie sich anfreunden.
Keiner der Teilnehmer, brachte
Girlanden für andere. Sie kamen einfach,
um Millionen zu gewinnen. Und das ist alles.
Die Worte flogen frei, Indy, Paki,
Handy (die, die mit der Hand essen);
Kalpa war schlauer, Schauspieler par

Hervorragend, erregte Aufmerksamkeit, der
ganzen Welt, durch viele
Tränen, verteidigte ihr Mutterland.

Hudis Kleidung wurde zerrissen, in der,
Wagenrad der Big Brother Show. Alle,
Vereint, muss Hudi eine Lektion erteilt werden
oder zwei, der Toleranz, der Aufopferung, denn

Indien, vertreten durch Kalpa, ist bekannt für.
Unvermeidlich, Hudys Ausstieg war klar und laut,
Sogar Sponsoren außerhalb, zogen die zurück,
Markenparfüms, risikoloser Geschäftsakt.

Unklar ist mir bis heute, warum Hudy
rücksichtslos bestraft wurde? Die Erwähnung der Kaste, ist
ein Muss in jeder Form in Indien! Kein Mensch,
schert sich einen Dreck darum, die Leute sind froh, es zu benutzen,
Dieses Phänomen, ein Zugeständnis, in Jobs,
Und auch bei Wahlen. Wir genießen jedes bisschen davon.
Doppelmoral, sonst nichts.

Der Kastendenkmalismus wurde zum großen
Rassenwahn, wiederholt gesprochen, wird es
wird wahr, und Kalpa bekam den
Vorteil, wurde über Nacht zur internationalen
Berühmtheit über Nacht. Einladungen,
kamen wie gerufen, von Königinnen, Rittern,
Premierministern und anderen.

Weitere Millionen werden folgen,
Angebote vielerlei Art, sowohl, in
Indien und Europa. Hudy, die
Laxmi betrat das Haus, segnete,
Kalpa und verschwand! Wahrhaftig,
ich genoss die theatralische Dramatik.

Der Ring

Ich stehe im Ring,
Jemand hat
Mich hierher geschoben, erstaunt!

Viele Leute haben
gekommen, um mich zu beobachten
Mich zu beobachten und meine
Leistung.

Die Zeit hat begonnen,
mit der Zeit. Ich war auch,
die Uhr gezeigt.
Ich fing an, meine
Auftritt. Und,
ich beendete sie pünktlich.

Ich wartete auf den
Tag des Jüngsten Gerichts
der kommen wird.

Aurobindo Ghosh

Der Obstkorb

So viele Früchte
In einem großen Korb,
Versuche niemals zu kämpfen,
Keine ist das Ziel.

So viele Arten,
Formen und Farben,
Frag nicht nach einer Reservierung,
Bittet nicht um einen Gefallen.

Warum sie so unnachgiebig sind,
Sie hören überhaupt nicht auf einen Führer,
Um ihr Geburtsrecht zu rechtfertigen,
Sie haben keinen Bittsteller?

Alle sind glücklich und gleich,
Immer bereit, zu behandeln,
Wir lieben euch, liebe Früchte,
Erlaubt mir, euch zu grüßen.

Die Zeitmaschine

Wie schön! Im Weltraum gibt es keine Zeitzone!
Egal, wie schnell du deine Arbeit erledigst,
oder wie viel Zeit du denkst, um sie zu erledigen,
Du brauchst nicht zu lachen, du brauchst nicht zu schluchzen.

Dreh das Rad, gegen die Uhr, dann, frag den Dichter,
Warum der Brunnen auf der Spitze des Hügels steht?
Warum musste Jack fallen und sich den Kopf brechen, warum,
Warum musste der Unschuldige stürzen, wie die kleine Jill?

Dreh dich ein bisschen nach links, um Aschenputtel zu finden,
warum sie so arm war,
So arm, und nur für diese Nacht zum Prinzen gemacht,
Warum die anderen beraubt wurden, und messbar verlieren,
Warum jede Schwester von Aschenputtel, immer kämpfen
musste?

Gehen Sie wenig gerade, Sie werden den Palast finden, voller
Lichter.
Muss Ram rajya sein; Raja Ram sitzt auf dem Thron.
Warum Bhagwan Ram vergessen, dass er auf die Erde
herabgestiegen,
Mit allen Einschränkungen der menschlichen Wesen, war es nur
Aufenthalt.

Er sollte nicht Sita genommen haben, die er,
Konnte nicht schützen. Oder Sita war wie springende Henne,
Sie hörte nicht auf Ram und ging in den tiefen Dschungel,
Sie hörte nicht auf Laxman, und ging zu Ravan's Höhle?

Sita sollte die Bewegung gestartet haben, "Me Too" dann,
Ravan hat nicht richtig mit ihr verhalten, während,
Und Ram glaubte nicht, dass sie keinen Fehler von ihr hatte,

Ram rajya, war es, wo ein Wäscher Mann kann fälschlicherweise schreien?

Oh! Das ist Krishna! Ausgestattet mit allen Waffen in den Händen,
Ich fragte ihn, warum, seine sakha Sudama blieb so arm für immer, Wo als, kalavati's Ehemann bekam Vorteil der Zweifel in kürzester Zeit? Hatte Shishpaal hundert Gelegenheiten, so schwere Verbrechen zu begehen?
Karna oder Ekalabya? Wer ist mehr verflucht und mehr unglücklich? Beide, Gedanken an, Durvasa und Dronacharya, die großen Weisen, ihre Enden, so erbärmlich, vergaß sie leicht, erinnerte sich an andere. Warum all die Kansas und Putanas, wurden zurückgelassen, all diese Zeitalter?

Wenn ich die Zeitmaschine handhaben könnte, und die Schlitze der Geschichte umkehren, Wenn könnte sehen, Kumbhakarnas, und Mahisashuras aus der Geburt Prozess, Der ursprüngliche Ram sitzt auf dem Thron ohne Manthara,
Doing Gerechtigkeit, für alle, einschließlich aller Mütter, Sohn und Prinzen.

Das Glas

Ich hasse das Glas, das aus Glas besteht,
Sie sind nicht aus Stahl gemacht,
Jeder kann sie benutzen und zerdrücken,
Es ist egal, wie sie sich fühlen.

Ich hasse das Glas, aus Glas gemacht,
Sie haben keine Schutzausrüstung,
Sie sind zerbrechlich, in ihrer Natur,
Mit Gewalt, sie sind zum Jubeln da.

Ich hasse das Glas, das aus Glas gemacht ist,
Warum sind sie so schwach und spröde?
Stabile Gläser versagen nie, sie
lassen keine Rechnung offen.

Ich hasse das Glas, das aus Glas ist,
Sie sind nicht kraftvoll und stark,
Sie müssen erkennen, dass die Welt schlecht ist,
Sie müssen robust sein und alle Kämpfe gewinnen.

Drei Gläser auf dem Tisch

Ich rief meine Freunde an,
Eines Tages abends;
Sie waren bereit,
Doch die Zeit drängte.

Sie waren zwei an der Zahl,
Und ich als Gastgeber,
Perfekt war's zu dritt,
Und alle werden am meisten genießen.

Wie es ihr Wunsch war,
Hielt ich alles bereit,
Wusste nicht, dass das
Leben, voller Komik ist.

Alle Gläser waren voll,
Sie kamen nicht rechtzeitig an,
Drei Gläser bekam meine Farbe,
Wasser, Acryl und Grundierung.

Zwei wütende Pfaue

Zwei weibliche Pfaue,
In Vrindavan leben sie,
Zanken sich immer wieder,
N setzen einen Seufzer der Heave.

Es ist Zeit für den Herrn,
Er kommt zufällig hierher,
Sie sind bereit für die Show,
Bereit, ihren Tanz zu beginnen.

Gopies werden auch kommen,
Sie könnten einen Anfall kriegen
Nimm immer einen Lappen mit,
Als Schutzmaßnahme.

Aber sie wissen, dass beide Sets,
an so einem Ort aufbewahrt werden,
dass es für ihn nicht schwer sein wird,
Sie zu finden, mit einer Gnade.

Die Zigeuner werden nicht herauskommen,
Bis ihre Kleider weg sind
Dann werden sie weinen und schreien,
und in den Zustand der Trauer verfallen.

Wenn, ihr Schauspiel ist vorbei,
ist der Herr sehr zufrieden,
Die Kleider werden zurückgegeben, alle
Die Spannungen werden gelöst.

Der Herr bewegt sich nun langsam,
auf das Pfauenpaar zu,
um ihre Tanzkünste zu sehen,

Damit auch er sie bewundern kann.
Doch er findet sie beide,
In verstimmter Laune, so bitter,
Er lächelte und winkte und
und bat sie, keinen Müll zu machen.

Sie sind bekannt für ihre Vielfalt,
Er fing an zu singen und zu tanzen,
Süßer Klang seiner Flöte,
ließ sie tanzen und hüpfen.

Alle Gopies versammeln sich,
Bilden einen Ring um den Herrn,
Beginnt die Leela, mit den Beats, n
Flöte berührte den richtigen Akkord.

Der Herr war da, mit jedem einzelnen,
Es gab nichts zu überraschen,
Alle wurden mit dem inneren Selbst verschmolzen,
Er brachte alle Gopies dazu, sich zu polarisieren.

Selbst Gopies verschmolzen zu einem Selbst,
Als die Raash- leela endete,
wurden die beiden Pfauen eins,
Alle Verschmelzungen wurden angehängt.

Dann verschmolz der Pfau mit
Gopi, als sie Sein Nicken erhielten,
nahm Er sie lächelnd in Seinen Arm,
Und da war nur noch der Herr.

Unerwünschter Besucher

Das Bangalibabu in Kolkata,
wird sicher sterben, ohne,
Fisch-Curry und Reis, n, ohne,
einen nachmittäglichen Tiefschlaf,
Wenn es Sonntag ist.

Als es an der Tür klingelte,
um 14.30 Uhr, war er,
nicht nur verärgert, sondern wütend.
Zögernd und zaudernd,
öffnete er gähnend die Tür.

Völlig schockiert,
Er fand ein sechsjähriges Kind,
das auf einem Schemel stand,
und klingelte weiter,
und ignorierte seine schurkische Anwesenheit.

"Was zum Teufel tust du,
Mitten in meinem gesunden Schlaf?"
"Wer zum Teufel sind Sie?
Ich habe Sie noch nie gesehen,
Vielmehr will ich gar nichts.
Verschwinde von hier, und komm nicht wieder.

Unbeeindruckt, das unerschütterliche Kind, S
meldete sich und sagte: "Ich will spielen,
Mein Vater sagte: "Du hast eins".
Es war frustrierend für ihn, sagte,
"Spiel? Ich spiele kein Spiel".

"Hast du keinen Laptop, Kaku?"
Fragte er wieder lächelnd.

Maßlos gescheitert, hob er ihn hoch,
vom Hocker, und brachte ihn
ins Schlafzimmer und bat ihn, zu warten.

Er gab dem Kind den Laptop,
Startete das Spiel für das Kind,
ermahnte ihn, nicht mehr zu stören,
da er sein dringend benötigtes
Sonntagnachmittagskontingent nicht erfüllt hat.

Es war schon fast Abend,
als seine Frau ihn bat,
sich fertig zu machen für den
geplanten Filmabend vorzubereiten,
Er musste vorher noch den Tee austrinken.

Er suchte nach dem Kind,
Es war weg! Der Laptop war offen,
Er zeigte an: "Du hast gewonnen, Hurra".
Zwei Tage später, es war Abend.
Und die Glocke läutete wieder.

Der kleine Junge stand da und lächelte,
Aber er war nicht allein,
er hatte seinen Vater mitgebracht.
Ich schämte mich, als der Junge,
vorstellte: "Kaku, das ist mein Vater,
Wir wohnen nebenan".

Melancholie

Ich habe Geld,
Macht und Position.

Ich kann tun,
was immer ich will.

Warum dann?
bin ich traurig
Und niedergeschlagen?

Ich fand heute,
Gates ist reicher
als ich.

Das ist schade.

Zebrastreifen

Er war klug und gut aussehend.
Ziemlich brillant, besser als wir,
Wurde in die Mathe-Ehrenklasse aufgenommen,
Er fährt ein rotes Auto, wir fahren mit einem roten Bus.

Er kam aus Guahati, Assam,
Sein Vater war ein IAS-Offizier,
Er war als Sammler in unserer Stadt tätig,
Deshalb war er kein Geizhals.

Innerhalb einer kurzen Zeitspanne von drei Monaten
fingen alle Mädchen an, mit ihm zu reden,
selbst nach drei Jahren Arbeit,
Trotzdem konnten wir uns nicht mit Rimjhim anfreunden.

Sie war wunderschön und wurde von allen gelobt,
Sie war unhöflich, es war schwer, ihr nahe zu kommen,
Aber Pratik, dieser Junge aus Assam,
schenkte ihr jeden Tag eine rote Rose.

Für uns hieß es: Entweder wir verlassen das Feld und fliehen,
oder etwas finden, um ihn zu fangen.
Tapan Bose, der Sohn der Tante Bose,
kann uns helfen, den Clown kleinzukriegen.

Tapanda schickte eine Liste mit zwanzig,
Ex-Freundinnen des Sohnes des Sammlers,
und erhielt dieselben fünfzehn Kommentare,
"Gefährliche und verräterische Person".

Weitere Informationen folgten,
Sarika beging Selbstmord,
Sie war schwanger und HIV-positiv,
Pratik, der Vater, wollte sich verstecken.

Um seinen HIV-positiven Sohn zu schützen,
Der Vater ließ sich versetzen und kam hierher,
Die Polizei manipulierte die Akte in Assam,
Also ist ihm dort nichts passiert.

In diesem Moment wusste Rimjhim Bescheid,
Sie war der Gruppe sehr dankbar,
Sie wurde freundlich und
Wir retteten sie vor seinem Coup.

Wir wissen, wenn wir die Straße überqueren,
Wir müssen die Regel des Zebrastreifens befolgen,
Ein bisschen hier und da, aus Versehen,
Ein massiver Unfall, und unser Leben kann verloren sein.

Frau im Drahtgeflecht

Ich fand eine Frau, die sich abmühte,
durch den Bergkamm,
mit einem Korb auf dem Kopf,
Und einem Gefäß an der Taille.

Sie war eine Meile weit gegangen,
um ihren morgendlichen Brennstoff zu holen,
Zusätzlich zu den Wurzeln und Blättern,
sollte sie noch etwas Öl hinzufügen.

Sie vollführte einen Balanceakt,
Um alles an seinem Platz zu halten,
Sie schlug von oben bis unten,
Aber sie verlangsamte ihr Rennen nicht.

Ihre Haut war wie Kupferblech,
Sie arbeitete unter der Sonne,
Um acht in ihrem Haus zu ernähren,
Sie war immer auf der Flucht.

Ihr Mann, war da, nicht um zu helfen,
sondern war mit seinem Elch beschäftigt,
Jeden Morgen wird sie bringen,
Ein großes Gefäß, voll mit Schnaps.

Sechs Jungen und ein Mädchen, waren glücklich,
Der Elch war zum Spielen da,
Ältere Mädchen helfen ihrer Mutter,
Die Jungen machten Spielzeug aus Ton.

Sie trug ein einfaches Tuch,
aus gröbster Jute,
Als ob sie in einem Drahtgeflecht steckte,

Aber sie sah immer so süß aus.
Sie sind einfache Frauen aus den Bergen,
Sie kennen den Berg gut,
Allein bezwingen sie den Berg,
Ohne zu wissen, ob sie bestehen oder scheitern.

Wir schreien aus Leibeskräften,
Um die Methode der Inklusion anzupassen,
In Wirklichkeit ist das Gegenteil der Fall,
Wir wenden die Regel der Exklusivität an.

Ein orangefarbener Wintertag

Anfang Dezember, es war morgens um 9 Uhr,
Sonniger Morgen, süße Sonne, es war orange kalt,
Sie zog eine blaue Strickjacke mit hohem Kragen an,
Schaut, hinreißend, schön, kühl und kühn.

Atemberaubende Schönheit rundherum, auf und ab den Hügel,
Der Spielzeugzug fuhr vorbei, Darjeeling, von seiner besten Seite;
Kanchenjunga steht anmutig, in einer weißen Hülle,
Ohne voneinander zu wissen, gingen beide in Eile.

Hügelige Straßen sind immer schlammig, es war ein Wintermorgen,
Mit einer schweren Tasche in der Hand, ging ich die Straße hinauf,
Sie rannte fast hinunter, von oben kommend,
Für uns beide war es schwer, dem Gehkodex zu folgen.

Unfälle passieren ohne Logik, es ist ein verpfuschtes Spiel,
Beim dritten U-Turn der Straße, bog ich links ab, und sie rechts,
Peng! Beide lagen auf der Straße, die Tasche hatte ich nicht mehr in der Hand,
Sie dachte, es war Absicht, sie war bereit zu kämpfen.

Schrie mich mit höchster Lautstärke an, erholte sich von dem Sturz,
Ich war überrascht, verwirrt, fasziniert von ihrer atemberaubenden Schönheit,
Ich wusste nicht, dass sie mit ihrem Geschrei die Menge anlockte,
Natürlich wurden alle Augenzeugen und waren bereit, ihre Pflicht zu erfüllen.

Ich war zu einem Lebensmittelladen gegangen, um Brot, Butter und Eier zu holen,

Sechs Eier rollten den Abhang hinunter, der Rest wurde von den Männern ruiniert,
Sie machte sich gar nicht die Mühe, die Wahrheit hinter dem Ärger zu erfahren, Sie gab mir nicht nur einen schlechten Ruf, sie stieß mich in die Höhle.

Sie ging siegreich weg, so wurde auch die Menge dünner, Langsam war ich auf den Beinen, hob meine leere Tasche vom Boden auf,
Ging langsam wieder zum Lebensmittelladen, um die Sachen wieder zu kaufen, Da stand sie, genervt, bezahlte hastig und ging zur Tür.
Sie warf mir einen bösen Blick zu, als ob ich ihr Schatten geworden wäre, kam eilig zum Ladenbesitzer zurück, beschwerte sich über mich, bat ihn, strenge Maßnahmen zu ergreifen, und ging in Richtung Wiese.

Der Ladenbesitzer lächelte, rief mich zu sich und gab mir ein Glas Milch,
Er kannte mich gut; ich bin hier, um für eine Zeitschrift über den ganzen Hügel zu berichten,
Er kannte sie auch, immer genervt, lässt keine Gelegenheit aus, sie zu tadeln,
Eine Kombination aus schönem Gesicht und rohem Herzen, das konnte ich mir nicht vorstellen.

Ich war mit meiner Kamera, meinem Hund und meinen Bergschuhen beschäftigt,
Ich ging zum buddhistischen Kloster, bekannt für seine Erhabenheit und Ruhe,
Ich saß auf dem glitzernden Boden; ich konnte zum ersten Mal Augen und Ohren schließen,
Etwas nahm mich mit in eine Welt ewiger Glückseligkeit,

Ich kam ruhig heraus, mit voller Ladung an Erinnerung durch mein Inneres,
Erst jetzt kann ich mich hinsetzen und die Bilder der inneren und äußeren Linse vergleichen,

Leichter Nieselregen in der Sonne, auf dem hohen Berg, unter
dem weiten Himmel, Und, eine reine Leere, in mir selbst,
ungeachtet, aller meiner Sinne.

Ich schlenderte, ich ging, ich lief auf den Stufen des Hügels, wie
ein grüner Teppich,
Unzählige Frauen in traditioneller Kleidung pflückten Teeblätter
und sangen; unzählige Wasserfälle hier und da und Regenbögen
um mich herum; eine Seilbahnfahrt bot einen atemberaubenden
Blick auf die Berglandschaft.

Am frühen Morgen mietete ich einen Jeep, um zum Tiger Hill zu
fahren, der für seinen Sonnenaufgang berühmt ist,
So viele Menschen hatten sich bereits versammelt, um dem
Schauspiel der Natur beizuwohnen. Die aufsteigenden
Sonnenstrahlen hinter der Gebirgskette von Chrisscross färbten
den Himmel innerhalb einer Minute purpurrot, rot, gelb und
grünlich-blau.
Passend zum Himmel mit seinen schönen Farben stand sie allein
da,
Rötlicher Schatten auf weißlichen Wangen, ich dachte daran, ein
Bild einzufangen,
Sie drehte sich um und fand mich direkt vor sich, mit einer
Kamera in der Hand,
Sie hätte mich für einen ekelhaften Mitläufer halten können, für
einen finsteren, nicht für einen Weisen.

Bevor sie bellen konnte, sagte ich zu ihr: "Bitte verstehen Sie mich
nicht falsch,
Ich bin Fotograf einer renommierten Zeitschrift,
und mache meinen Job auf dem Berg,
Ich folge Ihnen nicht, und es ist mir egal, wer Sie sind, benehmen
Sie sich,
wie eine Dame.
Geh du deinen Weg und lass mich meinen gehen,
sei glücklich, fröhlich und entspannt".

Zu meiner Überraschung lächelte sie, kam zu mir und sagte: "Es tut mir sehr leid,
Ich habe alles von demselben Händler gehört, dass Sie ein netter Mann sind.
netter Mann sind,
Ich bin eine Touristin, komme von weit her, kann mich auf niemanden verlassen, aus offensichtlichen Gründen, ich bin sicher, Sie werden mir verzeihen und mir helfen, so viel wie möglich zu sehen".

Sie war die ganze Zeit bei mir, an allen Orten, die ich besuchte um zu berichten,
Sie war nicht so schlimm, wie es sich anhört, sie war glücklich, herzlich zu sein, sie half mir bei der Auswahl des Hintergrunds, um meine Fotos zu machen,
Wir gingen gemeinsam einkaufen; sie ist jetzt sowohl sanft als auch gesellig.

Eines Tages bekam ich einen Anruf von meiner Zentrale, sie sind mit meiner Arbeit zufrieden,
Ich musste mich beeilen, ging zu ihrem Hotel, um mich ein letztes Mal von ihr zu verabschieden, ich wusste nicht, warum ich sie traf, das hatte keine Bedeutung.

Ich nahm einen Spielzeugeisenbahn, um hinauszureisen, um von den Bergen weg zu sein,
Ich winkte den Damen aus dem Teegarten, den Schuljungen und einem Mädchen, sie kicherten und winkten mir zurück, sie waren jetzt so anhänglich,
Ich würde sie alle vermissen, die Berge, die Menschen und die weiße Perle.

Entfernen Sie die Matte von der Tanzfläche

Genug ist genug, Zeit Gnade, nicht mehr,
Niemand, ist verantwortlich, für dein Versagen,
Schlange und Leiter, können den Sieg nicht sicher geben,
Entferne die Matte von der Tanzfläche.

Alle Seiten des Erfolgs im Leben, du zerrissen,
Errungenschaften beiseite gelegt, Verlockungen kamen vor,
Vergeudest Zeit für nichts, du warst nie langweilig,
Entferne die Matte von der Tanzfläche.

Alle haben versucht, dich zu lehren, als du vier warst,
Du hast damals versagt und versagst auch noch mit vierundfünfzig,
Du saßt mit Freunden am Ufer des Meeres,
Entferne die Matte von der Tanzfläche.

Du gabst dein Glas und batest sie, einzugießen,
Sie ließen dich allein hinter der geschlossenen Tür,
Sagten nie mehr "Danke" oder "Auf Wiedersehen",
Entferne die Matte von der Tanzfläche.

Dein Spiel mit der Schuld, hat viele im Innersten verletzt,
Liebe, Gefühle, alles aus dem Laden geworfen.

Das einzige Interesse war, wie man die Rechnung begleichen kann,
Entferne die Matte von der Tanzfläche.

Jetzt bist du allein, die Tat, deines Zorns,
Verdammt, ob du schläfst und schnarchst,

oder um Gnade schreist oder bereit bist, die Arbeit zu tun,
Entferne die Matte von der Tanzfläche.

Lass Gott, dir, eine andere Chance geben, zu verehren,
Den, den du für deinen Wohltäter hieltest,
Geh, strenge dich an und finde den ganzen Glauben wieder,
Früher oder später werden die Leute Folklore singen:
Entferne nicht die Matte von der Tanzfläche.

Aurobindo Ghosh

Ein Bürger der Welt

Ich erinnere mich nur vage,
Es gab eine Lektion,
"Ein Bürger der Welt",
Sohn eines Steinmetzes.

Wir haben es auswendig gelernt,
haben die Antwort aufgeschrieben,
und bekamen gute Noten,
vergaßen zu wagen.

Ein halbes Jahrhundert später,
stand ich auf dem Podium,
um einen Vortrag zu halten über
Conium maculatum zu halten.

Die Biologielehrer
hörten gebannt
Aufmerksamkeit, über die
bösartige Pflanze der Erde.

Vielleicht hat Königskobra,
hat sich Gift geborgt,
Du nimmst es, blitzschnell,
wirst du bewegungsunfähig.

Der Name dieser Blume
Auszug, bekannt als 'Schierling'.
In der ganzen Geschichte wurde er verwendet,
Einmal, ich werde aufschließen.

Zweitausendvier
Hundert Jahre her,
versuchte er, den

Sinn des Lebens ohne Ego zu finden.
Er war radikal und
kontraintuitiv.
Ein wenig charismatisch.
Er war nicht unterwürfig.

Er hörte nie auf die so genannten
sogenannten Lotsen der Gesellschaft,
Er, der einen schlechten Ruf hatte
Und, in die Gefangenschaft geschickt.

Cicero sagte einmal: "Er
Brachte die Philosophie
Vom Himmel herab'.
Er wurde tadelnswert.

Er war Sokrates. Er
War ein Ein-Mann-Medium,
Bestraft für Heuchelei,
Alle litten unter Verfolgungswahn.
In seiner Gefängniszelle, wurde ihm
eine Schale Schierling gegeben,
Komplexe Spaghetti des Lebens
Er versuchte, sie zu entschlüsseln.

Die Kombination von 'Dai',
Das innere Leben und 'Dämon'
"Daimonion" war seine Religion,
Nicht geeignet für gesellschaftlichen Betrug.

Wer lautstark ist,
gegen die herrschenden,
Regimentskräfte,
wird schikaniert,

Keine Änderung im Denken,
Drei Jahrtausende, weiter,
Narendra Dabholkar n
Gouri Lankesh ist weg.

Govind Panasare wurde
durfte nicht bleiben,
MM Kulburgi der Schriftsteller,
konnte sein Stück nicht beenden.

Der Unterschied, fand ich,
zwischen zwei Momenten,
Damals boten sie Gift an,
Jetzt pumpen sie Kugeln.

Luftreiniger

Geboren und aufgewachsen,
in einem Haus aus Lehm,
Musste ich nicht suchen,
nach einem Feld zum Spielen.

Jede freie Fläche war
Ein Spielplatz für uns,
Sonst wird er genutzt,
um etwas anzubauen.

Unsere Lieblingssportarten,
waren, Murmel, Pittu,
Gulli-Danda, und
die Spinnerei lattu.

In der Kerosinlampe,
Studierte Kosten und Preise,
Zusammen mit Englisch,
Mathe und Naturwissenschaften.

Wir hatten keine
Rucksack, Kompass,
oder eine Doppeldekoration
Tiffin-Box in der Klasse.

Unsere Aufgabe war es, zu lernen,
wenn wir in der Schule waren,
Schwimmen, im Fluss, unserem
großen Schwimmbad.

Als wir dann,
Klasse X Pass Etikett,
kannten wir alle Flüsse,

auch die Havel.
Wir hatten keine
Schwierigkeiten, in der Stadt zu sein,
zu lernen, zu laufen und zu schwimmen,
Wir hatten genug Kapazität.

Wir hatten die Krise,
an die frische Luft zu kommen,
Virusinfektion, die ich bekam,
Das war nicht fair.

Sie sagen jetzt, dass
Ich habe eine Stauballergie,
Ich nahm einige Medikamente,
um meine Energie zu schützen.

Ich wurde der erste Junge,
Zum Erstaunen aller,
Wie kann ein Dorfjunge,
diesen Preis gewinnen kann?

Niemand konnte mich schlagen, im
Langstreckenschwimmen,
Ich holte den Pokal für meine Schule,
Alle anderen waren wütend.

Neue Dinge wurden, repariert,
in meinem Wohnheimzimmer,
Jetzt habe ich einen Luftreiniger,
Ich warf den alten Besen weg.

Wirst du sterben, Vater?

Er wandte sich an den Arzt,
Sir, ich möchte meinen Sohn sehen",
Der Arzt rief den Sohn herein,
Tränen kullerten, die Lippen zitterten,
Er versuchte zu sprechen, aber es gelang ihm nicht.

Der Sohn kam näher und fragte,
"Wirst du sterben, Vater?
Er konnte kein Wort sprechen,
Er konnte seine Hände nicht heben,
Er konnte nicht einmal frei weinen.

Die Ärzte wussten, dass er nicht mehr lebt.
Die Krankenschwester holte den Jungen raus,
Die Ärzte sahen das Krankenblatt,
Wir müssen ihn einen Tag lang behalten,
Addieren Sie 12.000, wir erreichen das Ziel.

Der Familie wurde die gute Nachricht mitgeteilt,
Es gibt eine Chance, sich zu erholen,
Er wird beatmet werden, aber,
Die Frau muss das Formular unterschreiben.
Wenn er stirbt, ist niemand verantwortlich.

Am nächsten Morgen war die Rechnung bezahlt,
Der Leichnam wurde zu ihnen nach Hause gebracht,
Trauernde, Girlande, Nachrufe erledigt,
Dann ging er auf seine letzte Reise,
Auf den Schultern von Verwandten und Freunden.

Mit Krebs im fortgeschrittenen Stadium, er
war es ihm bestimmt, bald zu sterben. So

zahlte die Familie die Prämien
Rechtzeitig, um Komplikationen zu vermeiden.
Aber das Krankenhaus verlängerte seinen Aufenthalt.

Die Versicherungsgesellschaften sind pünktlich.
Sie überreichten den Scheck über,
Rs.4,88,000. Die Ehefrau war verwirrt.
Sie sollte den vollen Betrag von fünf Litern erhalten.
Tut mir leid, 'Lüftungsgebühr nicht inbegriffen'.

Biografie des Kameraobjektivs

Neulich habe ich einen Mann gesehen,
mit einer Kamera,
der etwas aufnehmen wollte,
Die Tötung eines
Mörders, in einem Gefängnis.

Er hat eine teure,
professionelle
Kamera, die
aufnehmen kann, sowohl
Lachen und Tränen
Freude und Ängste.

Das Objektiv seiner,
Kamera hat verloren,
alle Emotionen verloren,
ist digital geworden.
Er ist obsolet.
Sie machen Selfies.

Alben werden
in Laptops,
Keine faltigen

Hände werden jemals
den geliebten Menschen
liebevoll berühren.

Von der Kamera über
Micro sd, über den
Laptop, bis zum Zwei
TB-Laufwerk, es ist so
Ermüdend für eine Stimmung

Lange zu halten.
Es ist OK, wenn man
Maschine, die,
auf FB überlebt,
Und anderen Apps.

Bluetooth-Konnektivität

Als der blinde König Sanjay fragte,
'Beschreibe, was dort geschieht'.
Sanjay lehnte weder ab noch sagte er "Ja".
Wie kann man ohne Konnektivität teilen?

Krishna, der Schöpfer, schuf "Bluetooth",
Er bat Sanjay, sich mit Ihm zu verbinden,
Sanjay fragte Ihn: "Wird es wirklich funktionieren?
Ja, du brauchst weder ein Handy noch eine SIM-Karte.

Sanjay stellte durch diese Bluetooth-Verbindung eine Verbindung her,
beschrieb er dem König den Krieg mit Gita,
Als der Krieg vorbei war, fragte Sanjay ihn,
'Wann haben Sie zum ersten Mal verwendet, dieses neue Ding?'

Sita rief, um die Erde hinunter zu gehen,
Draupadi war im Begriff, die Eitelkeit zu verlieren,
Ich hörte Kunti, Savitri zu Lilavati
Ich lieh meine Hand der Verbundenheit.

Warum vergisst du Sanjay,
Wie ich Prahlad half?
Radha und Mira sprachen mit mir,
Bibhishan war nie traurig.

Für dich ist das vielleicht neu,
'Bluetooth' hast du gerufen,
Es war 'Dibya-drishti',
Die Menschheit wurde installiert.

Stockkorb-Verkäufer

Ich wartete auf einen Bus, an einem Busbahnhof,
sah ich ein kleines Mädchen mit einem Korb in der Hand,

Sie war sehr hübsch und fragte mich höflich,
'Onkel, nimm meinen Korb, er ist nicht teuer'.

Wie viel kostet er? 'Er kostet nur zwanzig,
Aber wenn du zwei nimmst, zahlst du nur dreißig.

Was für eine Verkäuferin, dachte ich!
Sie sagte: "Meine Mutter macht jeden Tag zehn".

Neugierig geworden, erkundigte ich mich nach ihrer Familie,
Der Vater kann nichts verdienen, weil er viel trinkt.

Wir verkaufen zehn Körbe, um unser Essen zu bekommen,
Wenn ich weniger verkaufe, sagte mein Vater, wird er mich töten.

Ich sah ihre Mutter, die eilig kam,
Wir haben fünf verkauft, verkaufe schnell die anderen.

Ich bat ihre Mutter, sich etwas auszuruhen,
Ich kaufte alle fünf, denn sie waren die besten.

Glücklich sagte sie: "Wir haben etwas Zeit,
Ich werde noch eine machen; verkaufe sie und bekomme einen Groschen.

Bevor ich das Geld bezahlt hatte, waren sie weg,
Der Busbahnhof war leer, es gab keinen.

Ich wartete eine Stunde lang, bis beide kamen,
Ich verfluchte mich, wie sollten sie überleben?

Mutter kam mit einem lächelnden Gesicht angerannt,
mit einem neuen Korb und einem Koffer.

Sie gab 'Bhakar', ein handgemachtes Brot,
Sie sagte: 'Für dich hat der Kleine gemacht'.

Ich war verblüfft über ihre so liebevolle Geste,
Ich gab ihr etwas Geld, ohne es zu zählen.

Ich wollte meine Gefühle verstecken, so empfindlich war ich,
Der Bus war gekommen, und ich nahm meinen Attaché.

Andächtige Exkursion

Ich reise gerne und viel,
Sie ist im Andachtsmodus,
Ich besuche das Eis der Berge,
Sie mag Shivas Wohnsitz.

Wenn ich im Hoogli-Fluss schwimme,
ist sie in Dakshineswar beschäftigt,
Sie verehrt Kanyakumari,
Sonnenaufgang und Sonnenuntergang, ich bevorzuge.

Puri, das Meer berührt meine Füße,
Wenn sie im Schrein ist,
ist Lord Jagannath bei ihr,
Wasser und Sand sind mein.

Ekstatisch wird sie, wenn,
Im Siddhi Vinayaka Tempel,
Für mich ist der Marine Drive der,
der beste Ort, er ist so einfach.

Fasziniert von der goldenen Kappe,
des fabelhaften Minakshi-Schreins,
In entrücktem Meditationszustand, sie,
Ist mit Lord als tranced Rebe.

Während AshtaVinayaka, Reise,
wurde sie so euphorisch,
Ich genoss die Berge, ihr
Zenit war in glückseliger Spitze.

Wir gingen zu Kamakhya Devi,
Sie war im Sanctum Santorum
Von der Spitze des Berghangs,

Ich war überglücklich, stumm und stumm.
Amritsars Goldener Tempel,
Opithodomos, der hellste,
Mesmerizing hohen Adytone,
Sie, in Trance auf sein Geheiß.

Beide, Somnath und Dwarka,
Sind ihre bevorzugten Orte;
Sie sitzt stundenlang mit den Herren,
Doch ich suche nach Krishnas Spuren.

Ich nenne die Tempel von Bedeutung,
Soziokulturelle Zellen für geistige Gesundheit,
Die Menschen kommen und werden geheilt und
und werden durch das Läuten der Glocken wahrhaftig befriedigt.

Ich bin kein Atheist oder Agnostiker,
Jeden Tag sitze ich in meinem Pooja-Raum,
Exegese mit meinem Glauben an Ihn,
Muss nicht für alle sichtbar sein oder auftauchen.

Als wir zu einem Tempel gehen,
Nehme ich einen Schnellfeuer-Darshan,
Schaue hinein für eine Überraschung,
Und gehe hinaus für die Offenbarung.

Fünf Fünfunddreißig Lokal, Plattform Nr. Sechs

Beide werden in Virar schnell in den Nahverkehr einsteigen,
Es wurde keine Änderung vorgenommen.
Von der Church Gate Station,
Um Punkt fünf werde ich einen Anruf erhalten.

Wir beide werden uns sehen,
Lächelnd gehen wir in die Wartehalle.
Auf dem Bahnsteig Nummer sechs,
bis zum "Sharma Tea Mall".

Er ist der erste, der täglich kommt,
Wissend, dass ich ein bisschen zu spät komme,
'Chai fertig hai bahurani',
ruft mich Sharmaji in letzter Zeit.

Ich habe ihm schon oft gesagt,
dass wir nur Freunde sind,
Aber er ist sehr hartnäckig,
Er sagt, er kennt alle Trends.

Nach fünf Uhr dreißig, normalerweise,
sind die Schnellrestaurants nicht voll,

Also, wir nehmen diesen Zug, um
Zusammen sitzen, Das ist so cool.

Wir verdienen beide unser Geld,
und kennen unsere Verantwortung,
Mein Haus wird zusammenbrechen,
wenn ich meine Pflichten vernachlässige.

Wir mögen keine Sonntage,
Ich vermisse ihn sehr,
Er fühlt vielleicht auch,
was ich für ihn empfinde.

Ich kann nicht sagen, über die
Zukunft dieser Beziehung,
Bin unruhig in diesen Tagen,
Ich habe einige Spannungen.

Unsere beiden Familien haben
haben die gleichen Probleme zu bewältigen,
Meine wird mehr Probleme haben, wenn ich gehe,
Sie werden weniger Probleme haben.

Wir reisen täglich gemeinsam,
Eineinhalb Stunden lang,
Ich liebe es, an meinen Nägeln zu kauen,
Er liebt es zu lachen.

Heute ist er nicht glücklich,
Ich kenne den Grund,

Ein Mädchen ist auserwählt für sein Leben
Ich muss meine Entscheidung sagen.

Er hat versucht, mich zu überzeugen,
Er will auch meine Familie sehen,
Er weiß nicht, dass mein
Bruder geistig zurückgeblieben ist.

Er war zu mir nach Hause gekommen,
Aber er hat meinen Bruder nie gesehen,
Er ist in einem Zimmer eingesperrt,
auf Anraten des Arztes.

Er hört auf niemanden,
Er hört nur auf mein Wort,
Kann ich weggehen, auch nur für einen Tag?
Ich frage mich: "Bin ich so feige?

Ich habe meinen Entschluss gefasst,
Und sagte ihm: 'Nein',
Niemand wird mich 'Bahurani' nennen,
Denn ich habe ihn gehen lassen.

Ich fahre nicht mehr schnell durch Virar,
Kein Sharmaji's Mall mehr,
Ich spiele mit meinem Bruder,
Mit seinem gelben Gummiball.

Himmel versus Hölle

Die beiden Staaten, Himmel und Hölle,
Haben gemeinsam, Hauptstadt, eine große Zitadelle.

Chitragupt's Stuhl war auf der obersten Ebene,
Gott-Yamraj, war das schwierigste Paar.

Scharfsinniges und spitzfindiges Politikerpaar,
Chitragupt hält alle Daten zu teilen.

Yamraj war aktiv, Männer starben bald,
Es war selten zu sehen, tausend Mond.

Er wurde ein wenig müßig, viele über achtzig,
Krise da unten, die Not ist groß.

Weniger Felder zum Anbauen, mehr Münder zum Füttern,
Gott ist in Verwirrung, und es gibt keine Führung.

Als ich dort ankam, war Gott glücklich,
Ein Mund weniger, bedeutet eine volle Schote.

Meine Daten fehlten, das überraschte alle,
Doch ich muss bald aus dem Saal geschickt werden.

Entweder Himmel oder Hölle, ich muss gehen,
Das Paar muss sich entscheiden und es sagen.

Unentschieden, mir wurde die Wahl gelassen,
Zeigt mir beides, um etwas zu tun.

Ich wurde aus dem Saal geschoben,
Zu wagen, sowohl den Stand.

Aurobindo Ghosh

Ich befand mich in einem massiven Nullzustand,
Ich musste über mein Schicksal entscheiden.

Mir wurde gesagt, zwei Türen sind hier,
eine für 'Mut', die andere für 'Angst'.

Vor der 'Fear' fand ich viele,
Vor 'Kühnheit' war die Schlange winzig.

Ich sah jemanden mit einem Notizbuch,
Ein 'Blickleser', konnte einen Blick lesen.

Viele bemühten sich, ihre Sünden zu verbergen,
Bold, bewegte sich frei, mit allen Mitteln.

Ich traf meine Wahl, zurück zur Zitadelle,
Ich bin mutig genug, mich für die Hölle zu entscheiden.

Inzwischen hat Chitragupt den Makel,
Durch einen Ausrutscher, kam mein Name in die Verlosung.

Nun müssen sie die Tat berichten.
Die Entscheidung ist für alle bindend.

Ich bin jetzt unerbittlich, nicht zurückzugehen,
Nicht bereit, irgendeinen Sack zu füllen.

Sie müssen ihre eigene Entscheidung treffen,
Jetzt bin ich kühn und frei zum Segeln.

Bahnhof Howrah

Ich habe viele Bahnhöfe gesehen,
Rund um den Globus bin ich gewesen,
Zürich und Paris sind künstlerische Bahnhöfe,
London und Howrah sind zu sehen.

Dreißig Bahnsteige im Bahnhof Howrah,
Jeder von ihnen ist anders beschaffen,
Einige von ihnen sind für Güterzüge bestimmt,
einige nur für Passagiere.

Eines von Indiens Eisenbahnwundern,
Klassisches Design mit vielen Bögen
Architektonisch gestaltet von britischen Bossen,
Rundherum liebe ich die Olivenzweige.

Ich liebe es, alle vierzehn Tage dorthin zu gehen,
nur um in einer Ecke zu sitzen und zu beobachten,
Ich bin so vertieft in die Aktivitäten,
Unmengen von Energie, die ich gerne aufspare.

Jetzt kennen sie mich als ihren "Dadu".
Alle halten meinen Sitzplatz sauber,
Laxmis kleine Kinder kommen zu mir,
Sie sind alle so schlank und dünn.

Sie alle wissen, 'Dadu' wird geben,
jedem eine Münze für eine Tasse Tee geben wird,
Wenn ich ihre schmerzhaften Augen sehe,
vergesse ich alle anderen Aktivitäten zu sehen.

Einmal habe ich Laxmi gefragt, warum,
warum ihre Familie so hart bettelt,

Unterstützt ihr Mann sie nicht?
Sie schenkte mir ein geheimnisvolles Lachen.

Laxmi wurde auf dem Bahnsteig geboren,
wuchs dort auf und wurde zur Bettlerin,
Ab dreizehn Jahren war sie glücklich,
Alle gaben ihr Brot, Butter und Eier.

Eines nach dem anderen kamen die Kinder an,
Niemand kümmerte sich um die kleinen Leben,
Sie war allein und kümmerte sich um sie,
Wie Bienenköniginnen, die in den Bienenstöcken eingeschlossen.

Ein Pförtner gab einige Sachen zum Verkauf,
Unter der Nase des Polizisten,
Sie weiß, dass sie ihr nichts tun werden,
Nachts muss sie ganz nah dran sein.

Mit scharfen Augen und scharfen Klingen,
Alle Taschendiebe sind sehr aktiv, J
Ein Augenzwinkern des Taxifahrers genügt.
wird die Taschendiebe wählerisch machen.

Alle kommen, um die Tasche des Reisenden zu tragen,
und legen die Tasche in das AC-Fach,
Sie verschwinden, ohne das Geld zu nehmen,
Der Reisende wird glücklich und zufrieden.

Dann findet er seine Brieftasche, Goldkette,
und ein Medaillon verschwunden sind,
Zu dieser Zeit hat der Zug den Bahnsteig verlassen,
Und seine Lokomotive zischte.

Der Taxifahrer, der Polizeibeamte,
Versammelt mit allen Pick-Taschen,
Um den Preis ehrlich zu verteilen, von
Die Brieftasche, die Kette mit Medaillen.

Ich sah viele Schmuggler, Hausierer,
Hyänen und verkleidete einfache Männer,
Blitzschnell kommen sie, schnappen, und,
Verschwinden, lange bevor ich zehn zähle.

Nach vierzehn Tagen Aufenthalt
sehe ich ein weiteres Wunder der Schöpfung,
Die viel bewunderte Howrah-Brücke,
Hilft, sich von der Erlösung zu befreien.

Ich mache einen Spaziergang, auf dem seitlichen Fußpfad
Ich brauche fast eine Stunde, um sie zu überqueren,
Ich frage mich, ob Laxmi jemals gedacht hat,
dass ein Bräutigam kommt, der auf einem Pferd sitzt?

Ich habe einen so großen Backofen gekauft

Ich hatte eine Mikrowelle,
geschenkt von meinem Sohn, also habe ich ihn nicht gekauft,
Aber meine Frau wollte,
einen OTG, ich kann nicht sagen, warum.

Sie wünschte sich einen kleinen,
Wie meine Natur, wollte ich ihn groß,
Sie wollte einen Kuchen backen,
Ich wollte, dass Ost- und West-Essen verschmelzen.

Also kaufte ich einen großen OTG,
ohne zu wissen, wo ich ihn aufbewahren sollte,
Amazon brachte ihn nach Hause,
Als ich seine Größe sah, konnte ich nicht schlafen.

Meine Frau ist sehr solide,
Bei Strom, Wärme und Licht,
Ich streite nie mit ihr,
Ich war im Begriff, eine Notlage zu bekommen.

Sie behielt die Ruhe und sagte zu mir,
'Wenn es in Aktion ist,
Es sollte genug Licht bekommen,
Und es sollte aus allen Richtungen luftig sein'.

Ich baute ein Podest,
Sie war klein, also machte ich eine andere mit einem Brett,
Sie war zu groß, um sie zu benutzen,
Ich fing an, mich auf die Flak vorzubereiten.

Ich bekam eine bewegliche Basis,
gab viel Geld aus, sie war verstellbar,

Die Größe passte nicht,
Ich musste ihn zurückgeben, da er umtauschbar war.

Insgesamt habe ich sechs Sockel ausprobiert,
Drei fertige und drei von mir handgefertigte,
Sie ist in der Stimmung, Spaß zu machen,
Alle kommen, um die Plattformen zu sehen, nicht den OTG!!

Bin zu einem Stahlhändler gegangen,
Um einen passenden Sockel mit Schlitzen für die Luft zu bekommen,
Er bat mich, später zu kommen,
Sie nahmen keine neuen Aufträge an, Ich hatte einen Alptraum.

Sobald der Sockel fertig ist,
wird meine Frau einen Schokoladenkuchen für alle backen,
Der Teig ist fertig, für lange,
Alle müssen unseren OTG mögen, der nicht so klein ist.

Das Problem hat sich in eine
Nicht enden wollende saas-bahu Serie, Niemand versteht,
Ich bin mit einem großen OTG zurückgeblieben,
Kein Platz in der Küche mit sechs verschiedenen Ständern.

Ich liebe es zu leben

Ich liebe Gott und seine Schöpfungen.
Vögel, Wasser, Tiere und mich.
Widersprüche, überall,
Tiere sind rational, haben aber,
Irrationale Menschen.

Ein Löwe wird niemals eine Ziege töten, wenn
sein Bauch voll ist; aber ein Mensch wird
Töten, wenn seine Brieftasche platzt.
Inkongruenz und Unfähigkeit, ist
Zügellose und ungezügelte Befehle,
von jenseits der Grenzen,
Werden brutal vollstreckt.

Wir sterben, wir überleben auch;
Wir lieben noch immer und weinen wie ein Mann.
Kugeln, Gewehre, was auch immer, existieren
existieren für uns nicht mehr.

Manchmal finde ich ein Kind, das
Verprügelt, bis es blutet, nur weil,
weil es ein Brot aus einer Bäckerei gestohlen hat.
Im gleichen Zug beobachte ich, dass einige
reiche Jungs haben, fette Schäferhunde,
Mit Dienern, die die Hunde bedienen.

Gekränkte Söhne und Töchter,
fragen angeregt, zu ihren Eltern,
'Warum habt ihr uns geboren,
weil ihr wisst, dass ihr wertlos seid?
Und schenkst uns jetzt hohle Träume,
die sich nie erfüllen werden'?

Sie bekommen einen Kick, indem sie Gold schnappen
Kette und Ohrringe, schnell auf dem Fahrrad,
Sie genießen die Schreie und das Gekreische ihrer Opfer,
Es ist die Rache der Tränen ihrer Mutter.

So manches Kind, stirbt, in einer Mülltonne; einige,
haben das Glück, dieses schöne Land zu sehen.
Einige andere sind, selbsternannte
Verwalter dieser Gesellschaft,
geben Befehl für Ehrenmorde,
An ihren Angehörigen und Liebsten.

Im Namen von traditionellen Ritualen
werden Tiere grausam getötet,
Sie nennen das "Opfer". Tierliebhaber,
fahren fort mit ihren vorbereiteten
mit ihren vorbereiteten Reden fort, Keiner schert sich darum.

Besser nicht zu erwähnen, über die
Wälder, Flüsse und Atemluft,
Heuchler, wie ich, sind unterwegs,
frei, setzen eine teure Maske auf, um
Um unsere eigenen Interessen zu wahren.

Ich lausche immer noch gerne den Klängen
der sparsamen Vögel, auch sie fürchten,
getötet zu werden. In letzter Zeit haben die Menschen
aufgehört, fliegende Objekte zu liken.

Aurobindo Ghosh

Ich habe La Giaconda getroffen

Schon von Kindheit an,
hörten wir von einem Lächeln,
So geheimnisvoll in der Natur,
In, kompromisslosem Stil.

Als ich jung war, sah ich ihr Foto,
auf dem Umschlag eines Märchenbuchs,
Ich mochte ihr lächelndes Gesicht,
Und ihre schönen Finger.

Ihre Vorhänge waren majestätisch,
Braun in der Farbe, große Rüschen
Im Nacken; ein Schal, links von ihr.
Sie zu sehen, wird immer ein Vergnügen sein.

Mit dem grünlichen Hintergrund,
gibt es eine Brücke über den Fluss,
Das gibt uns eine Dorfkulisse,
Hohe Berge ringsum.

Ehefrau von Francesco Giacondo,
kannte den Charakterzug von Leonardo da Vinci,
Ihr Mann war amüsiert, zu
Sie wird ihr Porträt mögen.

Er beauftragte Leo,
sie auf eine Leinwand zu bringen,
Er nannte sie 'Mona Lisa'.
Vielleicht war er sehr verknallt.

Von 1503 bis 1507, dauerte es
Vier Jahre dauerte die Herstellung,
Er bewahrte es zwei Jahre lang auf,

Niemand kam, um sie zu holen.
Er verlegte sie von Italien nach Frankreich,
Auf Bitten von König Francosis I,
und stellte sie im Palast des Königs aus,
Damals war es keine große Sache.

Ein Jahrhundert später, König Ludwig XIV,
diese Kunst an seiner Schlafzimmerwand,
Die Königin mochte sie überhaupt nicht, also
Sie versteckte sie in der zentralen Halle.

Napoleon nahm sie mit,
Seine Frau stellte sie in ihr Boudoir,
Niemand weiß, wie sie verschwand,
Auf geheimnisvolle Weise, unter die Kokosfasern.

Jetzt gehört sie den Menschen
Frankreichs; sie kann nicht verkauft werden,
An niemanden per Gesetz; das
Gesetz ist kühn und sagt es allen.
Während unserer Paris-Tournee,
gingen wir zweimal in den Louvre,
Sahen die Mona Lisa, ganz nah,
und bezahlten dafür einen hohen Preis.

Die Mikro-Analyse zeigt, dass
dass der Maler nicht schüchtern war,
Die erste LV ist deutlich
In ihrem rechten Auge deutlich sichtbar.

Nur einmal ist sie weit gereist,
sahen die Amerikaner sie, dort,
Liebhaber sind überall,
bereit, sich um sie zu kümmern.

Diebe, Steinbeißer,
Säurewerfer alle versuchten,

Beim Anblick ihrer grausamen
Taten, viele Menschen weinten.

Liebende schicken ihr Briefe,
sowohl moderne als auch orthodoxe,
Sie verwaltet eine Menge Briefe,
hat sie ihren eigenen Briefkasten.

Wir sind glücklich genug,
sie zu sehen und zu fühlen.
Mona Lisa ist für immer,
In meinem Kopf mit meinem Siegel.

Laika Ich liebe dich

Mein Herz blutet für dich,
Laika, du warst so klein,
Du wirst nie mehr zurückkehren,
Alle wussten es, alle wussten es.

Dein Herz klopfte heftig,
Deine Atemfrequenz war hoch,
Du hast alle deine Übungen bestanden,
Noch nie war ein Hund so schüchtern.

Sputnik I war erfolgreich,
Sie wollten ein lebendes Wesen,
um mit Sputnik II geschickt zu werden,
Keiner kannte das Ding.

Einige schlugen einen Affen vor,
andere bevorzugten einen Hund,
Später wurde die endgültige Wahl getroffen,
Man fand einen Haken im Rädchen.

Raumschiffe werden entworfen,
je nach dem Untermieter,
Sie wussten nicht, wer gehen wird,
Jetzt müssen sie sich anstrengen.

Haustier Hund ist nicht geeignet,
der auf dem Leckerli lebt,
Sie müssen einen finden,
aus einer dunklen, schmutzigen Straße.

Diese Hunde sind gesund,
Sie leben mit Entbehrungen,
Sie sind so vernarrt in die Liebe,

Sie sind begierig, Freundschaft zu schließen.
Liaka war drei Jahre alt,
eine Hündin von unbekannter Rasse,
Sie konnte viel Stress ertragen,
Sie konnte je nach Bedarf trainiert werden.

Albina war eine andere Hündin,
wurde mit Liaka ausgewählt,
aber sie wurde vor kurzem geboren,
Gerettet von dem Pfleger Mika.

Sie waren in Eile zu gewinnen,
Das Rattenrennen so prominent,
Andere waren auch damit beschäftigt
Die Weltraummacht zu beherrschen.

Achtundzwanzig Tage gegeben, um
Liakas Weltraum-Heimat zu machen,
Für das nötigste Training,
Sie war in einer Kuppel eingesperrt.

Die Kuppel unterzog sich Tests,
Fallturm, Schwerkraft-Fahrten,
Riesenrad, Achterbahn,
Auch Dunkelheit und Schaukelfahrten.

Sie hat alles mit Bravour bestanden,
Als nächstes musste sie hungrig bleiben,
Die Zeit ihres Aufenthalts im Weltraum,
wird, nur begrenzt dienen.

Eilig gemacht Sputnik II, war,
zwangsläufig einige Defekte haben,
Sie kümmerten sich nicht um die Warnung,
Sie, nicht schuldig, für irgendwelche Auswirkungen.

Liaka war auf dem Aktionstisch,
Sie hat ein paar Maschinen eingebaut,
Diese werden Signale senden von,
Dem Himmel, während ihrer langen Fahrt.

Sputnik II, ging in den Himmel,
Mit Liaka in seiner kleinen Truhe,
Die Wissenschaftler waren damit beschäftigt, die
Die Daten, sie waren in Eile.

Die Kühlung hörte abrupt auf,
Der Sputnik wurde überhitzt
Lieka versuchte, so gut es ging, zu atmen,
Sie war nervös und verängstigt.

Sie starb im Kampf um ihr Leben,
Sie ließ eine Leidenschaft mit sich,
Sie war mit der Erfüllung einer,
Hundeselbstmord-Mission.

Die Welt lernte, das
Ausmaß der Herzlosigkeit,
Um die Schande zu verbergen, machte
Ihre Statue, der Selbstlosigkeit.

Magisches Massagegerät

Es klingelte an der Tür, er war da,
mit einem breiten Lächeln im Gesicht,
in karmesinrotem Hemd und bläulicher Krawatte,
Er trug einen übergewichtigen Koffer.

'Guten Morgen, Sir, darf ich reinkommen',
Ohne auf meine Bestätigung zu warten,
kam er in meinen Salon,
Er bedankte sich für den Einlass.

Er muss ein erfahrener Zeitsparer sein,
Er wartete gar nicht erst auf meine Geste,
Er öffnete den Koffer und nahm eine Schachtel heraus,
mit einem schönen großen Foto eines Massagegeräts.

"Das ist normal bei dem hektischen Leben,
dass man Schmerzen im unteren Rücken hat,
Ich habe eine Lösung dafür mitgebracht,
Sie werden es gerne in das Regal stellen".

Lassen Sie mich Ihnen zeigen, wie es funktioniert",
Er packte einen Block in die Maschine,
Mit einem Klick ging es mit einem dumpfen Schlag los,
Er drückte den Block in meinen Rücken.

Die Vibration verursachte ein donnerndes Gefühl
Das Rückenmark, wurde in Bewegung gesetzt,
und die Maschine bewegte sich auf und ab,
Ich gab mein positives Zeichen.

Er nahm das Geld und ging weg,
und stellte die Schachtel auf meine Kommode,

Ich sprach kein einziges Wort mit ihm,
Der Mann hatte mir ein Massagegerät verkauft.

Auf der Schachtel stand das Wort "Magic",
Ich hatte das Massagegerät, mit Infrarotstrahlen,
Er kam und sprach alle Worte,
'Magic man' brachte mich zum Nicken und Schwanken.

Später betrat meine Frau das Zimmer,
Sie war glücklich, mich dort zu sehen,
'Nach so langer Zeit hast du das rausgenommen,
Wenigstens benutzt du es einmal im Jahr'.
Ich war überrascht und sagte: 'Ich habe es gerade erst bekommen'.
'Was? Du hast doch schon das Gleiche'.
Ein Mann kam mit einer magischen Maschine,
Und du hast ihm einen magischen Namen gegeben'.

Die Wochen vergingen, und wir beide vergaßen ihn,
den magischen Mann und das magische Massagegerät;
Die Türglocke läutete, er war wieder da,
Wir sagten beide: "Geh", mit viel Wut.

Lächelnd kam er herein, setzte sich auf mein Sofa,
"Sir, dieses Mal habe ich nichts zu verkaufen",
Ich bin gekommen, um das Geld zurückzugeben,
Und ich will meinen Zauber brechen".

In unserem Büro gab es eine Herausforderung, einen
einen Gegenstand zweimal im selben Jahr an einen Mann zu verkaufen,
Ich habe die Herausforderung gewonnen, und zwar wegen Ihnen, Sir,
Sie sind so reinen Herzens und so lieb.

Aurobindo Ghosh

Mangal Karyalaya

Ich hatte den Wunsch, ein Gedicht zu schreiben,
über Mangal Karyalaya,
Auf Englisch; Aber es war,
Wie die Besteigung des Himalaya.

Weder "Mangal" noch
'Karyalaya' können sein,
wahrhaftig übersetzen, denn
Es hat Gefühl zu sehen.

Verlobung und Heirat
Die Gelübde werden feierlich vollzogen,
Dann wird die Schwangerschaft
Funktion wird organisiert.

Nach der Geburt des Kindes,
Namensgebung, Annaprashan,
Einfädelungsrituale, das
Kind wird befördert.

Wenn er in den Verdienst ist,
ist Feiern angesagt,
Er bekommt einen Platz im IIT,
wird das Fest gerecht sein.

Eines Tages, der Mann,
genannt Vater, ist tot,
Karyalaya ist gebucht,
Gute Worte werden gesagt.

Meerjungfrau, fliegende Untertasse und ich

Alle haben Aschenputtel viel gegeben,
Und Rotkäppchen,
Rapunzel, nicht vergessen, Schneewittchen
Schneewittchen war in froher Stimmung.

Der goldköpfige Fisch,
lebte glücklich in Armenien,
Schöpfer Manuk Abaghian,
war jedermanns Wahnsinn.

Peter Pan, wo bist du?
Und Goofy- Dumbo Paar?
Harry Potter, war der Beste,
Micky und Co. müssen teilen.

Also, ich fragte die Meerjungfrau,
ihren Status zu beschreiben,
Sie bat mich zu fragen,
Den runden, stehenden Brutus.

Ihr Brutus war kein anderer,
als eine fliegende Untertasse,

Es flog sie weit weg,
Wie in einer Bahre.

Doch Nixe, du sollst
In der Tiefe sein, im Meeresgrund,
Ja, das war vor einem Jahrhundert so,
Jetzt gibt es keine einzige Jungfrau mehr.

Die Fische sind nicht glücklich,
Viele verließen dieses irdische Viertel,
Sie sind auf der Suche,
um reines Wasser zu finden.

Die Meerjungfrau fragte nach meinem Wohlbefinden,
Ich antwortete: "Fantastisch. Optimistisch,
Realistisch. Sie folgte mir nicht,
Meine Antwort war sarkastisch.

Fantastisch, weil ich noch atme,
Optimistisch, weil ich noch etwas Zeit habe,
Realistisch, da ich in ein Altersheim gehen muss
Altersheim muss, um ein Leben zu führen, so prima.

Beliebteste Serien

Ich begann, drei Serien zu verfolgen
Serien auf einen Schlag zu verfolgen;
Auf Vorschlag meiner Frau,
Es ist einfach, ich kann nicht 'Nein' sagen.

Hindi, Bangla und Marathi,
Alle waren Familiendramen,
Sie waren fast alle ähnlich,
Voller Komik und Traumata.

Drei krumme Damen,
Eine, in jeder Serie,
Alle Pläne in die Tat umgesetzt,
Sie werden zur Beerdigung schicken.

Jungen und Mädchen verlieben sich,
In mindestens fünfzig Episoden,
Die Eltern nehmen zehn weitere,
Um die Liebe zu beenden, in sechzig.

Da kommt ein schöner Schurke,
Schlägt sich auf die Seite des Bräutigams,
Übergibt eine lange Liste,
Um eine größere Flut zu bringen.

Der Junge, der sich nie kümmerte,
Seine Eltern in der Vergangenheit,
wird zum Muttersöhnchen,
Stimmt endlich der Mitgift zu.

Alle Jungen sind sich ähnlich,
Alle Mädchen sind klug,
Wenn Jungen erliegen,

werden die Mädchen zum Retter.
Regisseure der Serien,
brauchen Darsteller dieser Art,
Sie werden erfolgreich, wenn
Den Geist der Leute verwirren.

In einer halbstündigen Serie, werden zehn
Minuten für Werbung gehalten werden.
Nach jeder Folge, werden alle,
sagen: 'Das Ende ist so traurig'.

Abends sitze ich bei ihr,
Wenn sie laut lacht,
habe ich kein Problem,
Ich kopiere, ihr Lachen stolz.

Nach fast einem Jahr, immer noch,
Jungen und Mädchen versuchen es,
Der Regisseur ist sehr unnachgiebig,
Der Produzent muss weinen.

Ich kann es auch heute nicht sagen,
Eine Geschichte, kurz und bündig,
Drei Episoden täglich,
Mein Herz ist voller Kummer.

Eines Abends schlich ich mich davon,
und verließ meine lachende Frau,
Ich schreibe jetzt Gedichte für alle,
um das Leben des Lesers zu erfreuen.

Mein Leben ist eine Diskothek

Vor vielen Jahren habe ich einen Film gesehen.
Der Name war Disco Dancer.
Blinkende Lichter und laute Musik,
Der Eingang wurde von einem Türsteher überwacht.

Jungen und Mädchen tanzten,
Auf der Spur Lied, von einem Jockey,
Mit der Hand wurde er manövriert,
Die Scheibe, sie war relativ knifflig.

Dazwischen werden sich die Paare bewegen,
zur Bar, die an der Ecke steht,
Sie nehmen ein oder zwei Stangen, und
Kommen zurück zum Horner.

Der DJ, der Horner, fängt von vorne an,
Ein neues Set der beliebten Nummer,
Die Jungs und Mädels, kommen näher,
und setzen sich dann auf ein Sofa aus teurem Holz.

Ich sah einige ziellos tanzende Käfer,
Die Intentionen dieser Gören waren klar,
Sie hatten nichts beizutragen, sie
Sie waren einfach Kinder von Aristokraten.

Ich mochte die Lieder, aber nicht den Film,
Es spielt keine Rolle, wie man klickt,
Ich habe gerade eine Referenz gezogen, als ich,
Bin, in der Mitte einer Diskothek.

Wir sind beide sehr schlechte Tänzer,
Trotzdem werden wir zum Bauchtanz aufgefordert,
'Stille, Licht, Ton, Start', und,

Wir fangen an zu tanzen, in der vorgegebenen Haltung.
Sie lachen; sie machen sich über uns lustig, denn
Wir haben nicht gelernt, nach der Melodie zu tanzen,
Sie sind Schöpfer des Reichtums, wir können nicht buchstabieren,
Vorbei, viel Kichern, wir sind immun.

Wir haben nur noch eine Angst im Leben,
Der Türsteher, der den Platz verwaltet,
Jeder Fehltritt bei unseren Tanzschritten,
werden wir noch in der Nacht rausgeworfen.

Ruhestandsleistungen

Sechs Wanduhren, 2 Stifte,
und 1 bedruckter Schal,
Ich hielt meine letzte Rede und
Ich machte mich auf den Weg zu meiner Chawl.

Ich war etwas erschöpft,
Die letzten drei Jahrzehnte,
Es war wirklich hektisch, denn
Ich war in vielen Facetten.

Ich begegnete allen Wirbelstürmen,
Stürmen und Tornados begegnet, auch Gezeiten habe ich manövriert,
Niemals erwartet Kudos.

Immer überholt,
von den Jüngeren, die ich ausbildete,
Alle wurden Chefs,
Ich blieb ein Freund.

Ich half allen und jedem,
wann immer sie in Not waren,
vergaß man, mir zu helfen,
Ich bat um ein Ohr, um zu hören.

Alle Ohren wurden taub,
als ich am meisten brauchte,
Am Tag der Pensionierung,
stießen alle mit mir an.

Niemand im Haus,
war glücklich mit mir,
Die Truhe wird leer sein,
Nix, kein Schloss und kein Schlüssel.

Alle Oldies kamen an,
Karten, in ihrer Hand,
Alle werden an den Strand gehen,
und setzen sich in den Sand.

Ich war glücklich zu sehen,
viele lächelnde Gesichter,
Ich werde auch laut lachen,
Vergiss die Wimpern im Büro.

Ich will versuchen, zu schaffen
Alle meine Wünsche so süß,
All die Jahre, die ich war,
Sie stumm zu halten.

Jetzt werde ich meine
Mundharmonika ins Freie,
Mein Pinsel, wird
Singen, zusammen mit meiner Feder.

Sally hat den Papst gesehen

Ich bin Harry, und sie ist Sally.
Ich sagte Sally, lass uns einen langen Urlaub machen.
Und wohin? Nach Europa. Was? Ist das dein Ernst?
Ich, sagte, ja. Es wird uns viel Freude bereiten.

Aber, Harry, wohin soll ich gehen? Und warum? Ich sagte,
Belgien, Deutschland, Österreich und Holland,
Paris in Frankreich wegen des Eifelturms und des Louvre,
Spanien, Monte Carlo, Italien und die Schweiz.

Sally hielt mich auf. Italien? Ja, wirklich? Ja,
Und warum nicht? In Italien können wir nach Rom fahren,
Venedig, Pisa, Florenz und den Vatikan.
Können wir den Papst sehen? Können wir sein Haus sehen?

Das weiß ich nicht. Ich sagte. Harry, kannst du es versuchen?
Ich wünschte, wir könnten Pope sehen, bitte Harry,
Ich habe recherchiert, geplant, und alle
Buchungen erledigt. Sally hat sich amüsiert.

Nachdem wir viele Städte in vielen Staaten besucht hatten,
kamen wir in Rom an. Sie rief 'Heureka'.
Sally wusste nicht, dass Harry einen
Pass für die Vatikankirche, den Petersdom, gekauft hatte,

um das monatliche Treffen mit dem Papst zu besuchen,
Männer, die an einem bestimmten Tag in der Woche dorthin kommen,
Wir kamen pünktlich an, ein Meer von Menschen war anwesend.
Die riesige Kirche der Basilika, ließ uns nicht blinzeln.

Zahlreiche Heiligenfiguren, auf der Kirchenterrasse,
Wie viele Hände haben diese Kirche Basilika gebaut?

Massive halbrunde Struktur mit so vielen Säulen,
Von der Mitte aus so symmetrisch, als wäre sie eine Nachbildung.
Pünktlich um elf Uhr kam der meistverehrte Mann der Welt
der Erde, der Papst, auf einem elektrischen Jeep stehend,
Inmitten der mucksmäuschenstillen Versammlung, hypnotisierte er alle,
Sally stieg auf einen Stuhl, um den Papst zu sehen, auf dem Haufen des Volkes.

Sally kannte meinen Plan nicht, sie sah Papst ungläubig,
verzaubert, hypnotisiert, bezaubert und begeistert,
Pope drehte eine volle Runde im lautlosen Jeep, winkte uns zu,
Sie konnte sich keinen Zentimeter bewegen, ihre Bewegung wurde abgewürgt.

Sally und Harry gingen hinein, in das Haus von Pope, die Kirche,
Die Säle hatten Statuen früherer Päpste aus weißem italienischen Marmor,
Sie sahen Michelangelos "Die Erschaffung des Adam" an der Decke der Sixtinischen Kapelle, sie waren schon im Autokorso.

Harry ging langsam vor Sally vorbei; er konnte ihre Liebe spüren,
Wie kann Harry ihre Wünsche erfüllen, die fast unmöglich sind?
Nach der berühmten Europatournee haben sie so viele Länder besucht. Wenn Sally nach einem Wunsch gefragt wird, wird Harry ihn ihr erfüllen.

Der Elfenbeinturm

Ich schloss meine beiden Augen,
Niemand sollte mich sehen,
Ich lebe im Elfenbeinturm,
wo ich eigentlich sein sollte.

Im Lied der Lieder,
sang Salomon das Lied,
'Dein Hals ist wie der
Elfenbeinturm, er ist so lang'.

Es ist nun eingraviert in
Das Epitheton der Maria,
Ein Symbol für edle Reinheit,
Keiner sollte traurig sein.

Ich lebe in einer Kabine, von
Selbst geschaffener Erde,
Ich bin die Beste dort,
kann den ganzen Mangel ausgleichen.

Das Establishment zu kritisieren,
In höherer Tonlage ist
Mein, Temperament.

Ich bin einer der am meisten,
Unwürdiger Träumer,
der auf der Spitze eines
Einem langen, elfenbeinernen Turm.

Zwillinge im Mutterleib

Die Sonographie wird nur sparsam eingesetzt.
Wenn es beim Fötus irgendwelche Probleme gibt.
Es gab einen Doppelschlag.
Sie hat eingewilligt, den Apparat zu benutzen.

Es sind Zwillinge. Herzlichen Glückwunsch!
Das Geschlecht wurde nicht verraten, wie es das Gesetz
vorschreibt.
Die Eltern waren neugierig und glücklich,
und es sollte keinen Makel geben.

Sie dachten, in der geschlossenen Gebärmutter,
Bruder und Schwester, mit derselben Nabelschnur.
Vor einiger Zeit erklärte die Dadi,
Sieh nach, ob es ein Mädchen ist, dann treibe ab.

Der Bruder hatte Angst um seine Schwester,
Die Schwester fürchtete um ihre Existenz,
Aber die Schwestern sind immer mutig,
Bleib ruhig und sei nicht so angespannt.

Die Ärzte haben nichts gesagt,
Sie müssen abwarten, ohne zu zögern,
Lass sie vermuten, was wir sind,
Zwei Jungen oder zwei Mädchen oder je eins.

Du wirst zuerst gehen, lieber Bruder,
Sie werden glücklich sein, einen Jungen zu bekommen,
Dann komme ich, um übersehen zu werden,
Vielleicht sterbe ich nicht als Schüchterne.

Ich bin durch den Regenbogen gegangen

Für einen Geschichtenerzähler,
ist der Regenbogen eine Handlung,
Für einen Dichter,
ist der Regenbogen ein Schlitz.

Für mich, der ich
Weder ein Dichter,
noch ein Geschichtenerzähler,
ist es ein süßer Gaumen.

Ich schreibe einfach,
und weiß nichts,
Über, Geschichte oder
Gedicht oder irgendetwas.

Für mich ist der Regenbogen
ist meine Lebenslinie,
mit sieben
Farben der Rebe.

Umarmt in
Arm des anderen,
Alle Geschwister,
halten sich sehr fest.

Wissenschaftler sagen es, als
Meteorologische
Sache; aber für mich
Es ist astronomisch.

Reflexion, Brechung

Und Streuung,
geben nur einen vielfarbigen
kreisförmigen Eindruck.
Wir erleben, Freude
Liebe, Traum und Tanz,
Ekstase, auch Glückseligkeit
Versetzt uns in Trance.

Rot, orange, grün,
Blau, Lila und Rosa,
verloben sich mit uns, viel
Jenseits, wir können denken.

Sie nennen es Spektrum,
ich spreche es mit dem Herzen an,
Mein inneres Wesen bittet mich,
ein Teil des Regenbogens zu sein.

Ich schwebe, ich schwimme, ich mache
einen Sommersprung,
Ich habe viele Träume,
in meinem Regenbogengewölbe.

Ich tauche ein in die Farben,
Durch meine rhythmischen Linien,
Ich warte auf den Regen und
bitte die Sonne, zu scheinen.

Plötzlich erscheint sie,
als wäre es Parashurams Bogen,
Ich gehe hindurch,
und durchquere meinen Regenbogen.

Berührungsbildschirm

Haben Sie jemals daran gedacht?
die Misere eines Touchscreens?
Der Besitzer fasst mich immer an,
Er ist so böse, er ist so gemein.

Ich versuche, mich zu sperren,
Aber, sie haben mein Passwort,
Immer, öffnen sie es mit Leichtigkeit,
Um bla bla zu schreiben, und weiter.

Sie haben mich geteilt,
In Blöcke von Abkürzungen,
Sie sind erbarmungslos,
Mein Herz bricht auseinander.

Sie haben die Wahl,
Griffel oder Finger,
Ich muss sehr schnell sein,
Nicht zum Verweilen geschaffen.

Für sie bin ich
nur ein Besitz,
Sie leihen mich an andere aus,
Um mich zu benutzen, als ihr Kätzchen.

Alle sind sich nicht bewusst,
dass ich dünnhäutig bin,
So verletzlich, und
und anfällig, angelehnt zu werden.

Ich empfange und sende Codes,
Auf des Besitzers Risiko,
Sie machen mich haftbar,

Wenn sie verlieren, bei der Durchsuchung.
Wenn sie nicht erhalten,
Lover's ring in case,
zerschlagen sie ihn und werfen ihn,
und machen mich so unbrauchbar.

Ich bin immer in Gefahr,
Immer zu tadeln,
Jedes Mal verantwortlich,
Belohnung kann nicht eingefordert werden.

Nur wenn ich schwach werde,
wenn Oma einen Schnapper bekommt,
Legt ihre Handfläche, nicht den Finger,
Um das Klatschen ihres Enkels zu spüren.

Über den Autor

Der Autor war in Lehr- und Verwaltungspositionen in Maharashtra, Hyderabad, Gujarat und UT von DNH tätig. Er schreibt in Englisch, Bengali, Hindi, Marathi und Gujarati. Er reist viel und schreibt Reiseberichte. Er findet die Vereinigten Arabischen Emirate faszinierend. Als Experte für "Warli-Malerei" verwendet er auch kräftige und leuchtende Acrylfarben auf seiner Leinwand. Wenn er überhaupt Zeit hat, hört er klassische indische Musik.

www.ingramcontent.com/pod-product-compliance
Lightning Source LLC
LaVergne TN
LVHW041704070526
838199LV00045B/1195